\* \* \*

I0607666

**Rubrikaj fotoj: Vikipedio kaj unsplash.com**

**Kovrila foto: Tramo en Melburno, Aŭstralio.**
**Fotis: Bahnfrend. Fonto: Vikipedio**

---

**FACILA: (Kvazaŭ-)abonado de *BA* tra UEA!**
**La libroservo de UEA pretas sendi al vi aŭtomate ĉiun novan numeron de *Beletra Almanako*, tuj kiam ĝi aperas.**
Vi devas okupiĝi nur pri du aferoj:
skribi unufoje retmesaĝon al *libroservo@co.uea.org*
kun la noto **"Konstanta mendo de *BA*"**
kaj havi sufiĉe da mono en via UEA-konto. Provu!
*(Bonvolu mencii vian nomon kaj/aŭ UEA-kodon en via mesaĝo!)*

---

*Reklamo*

# Prezento

de Probal Daŝgupto

En iuj romanoj en Esperanto oni bildigas kriplan, balbutan parolon per facile kompreneblaj deficitoj. Tiaj parolantoj, ekzemple, neniam uzas verbojn kun -as, -is, -os, sed nur kun la infinitiva -i (*Ĉu vi kompreni kion mi diri? Jes, mi kompreni*).

Dum tuta vespero mi faris kun sudamerika amiko la eksperimenton uzi nur la infinitivon. Kara leganto, ĉu vi iam provi tiun ludon?

Ne necesi fari aliajn akrobataĵojn. Vi tute ne devi eviti la akuzativon aŭ afiksojn aŭ simile. Sufiĉi ke vi rigore eviti la verbofinajn indikojn de nuntempo, pasinteco, estonteco. Mi jam komenci tiun ludon kun vi ĉi tie, kiel vi vidi. Esperebele vi komenci ridi, kaj min demandi, "Kiacele vi elekti tian strangan ludon?" Certe ne pro enuo; ja ne manki aliaj interesaj vojoj en la *Beletran Almanakon*! Kial do?

En pluraj gravaj lingvoj, kiel la ĉina kaj la indonezia, la verba vorto mem ja ne porti vorteron tempindikan. La verbo esti tempe neŭtrala. Kiam oni bezoni indikon de specifa tempo, oni uzi apartajn vortetojn, ekz. *Mi ne esti libera nun; Necesi solvi la problemon hodiaŭ; Mia ĉefo jam pli frue plurajn fojojn averti min; Vi poste rendevui kun mi.* Vi vidi, esperebele, ke la sistema neuzado de tempindikoj fakte ja ne kripligi la ilaron de la lingvo.

La sudamerika amiko kaj mi fieri pri la fakto ke ni ne aparteni al Eŭropo. Tiun vesperon, ni intence ludi emfaze alikontinentan lingvoludon, parte por amuzi la eŭropajn geamikojn kiuj kunmanĝi kun ni en la restoracio post streĉa labortago. La tuta tablanaro tiuvespere konsenti ke la Fundamenta Gramatiko nenie rekte preskribi la uzon de tempindikoj en la verba vorto kiel devigan por Esperanto. Esti vere ke la Ekzercaro eĉ ne unu fojon konstrui tutan frazon ĉirkaŭ infinitiva verbo. Tamen pri pluraj gravaj detaloj ni hodiaŭ ne plu sekvi la modelojn de la Ekzercaro; en ĝia deka sekcio, ekzemple, aperi la ekzemplodona frazo "Ne, vi eraras, sinjoro: via pano estas malpli freŝa, ol *mia*", kun senartikola *mia*, sed multaj el

# Beletra Almanako (BA)
www.beletraalmanako.com

ISSN 1937-3325

Aperas numeroj februara, junia kaj oktobra.

N-ro 51 (Oktobro 2024; 2024/3). ISBN 9781595695062
Eldonas: ©2024: Mondial, Novjorko (Usono)
Respondeca eldonisto: Ulrich Becker
Redaktas: Probal Daŝgupto, István Ertl, Jesper Lykke Jacobsen,
Suso Moinhos, Nicola Ruggiero, Anina Stecay.
Rubrikaj kaj kovrila fotoj: Vikipedio kaj unsplash.com

---

**Kiel mendi / aboni? Jen du ebloj:**

❶ **Por ricevi de nun aŭtomate ĉiun novan numeron de** *BA* **(ĝis eventuala malmendo), skribu retmesaĝon al** *libroservo@co.uea.org* **kun la indiko "Konstanta mendo de** *BA*"**. Zorgu nur havi sufiĉe da mono en via UEA-konto. UEA debetos vian konton je ĉiu nova numero.

❷ Ĉe Mondial vi povas aĉeti ĉiun unuopan *BA*-on samkiel alian libron. La **prezo** estas indikita en nia vendo-retejo: mondialbooks.square.site/beletraalmanako. Eblas ankaŭ pagi rekte al bank-kontoj en Eŭropo aŭ Usono. Demandu la eldonejon (informo@librejo.com).

**Se vi loĝas en EU, prefere aĉetu aŭ abonu tra UEA:**
**libroservo@co.uea.org.**

**Por aĉeti** *BA* **kiel bitlibron, vizitu bitlibroj.com.**

---

**Kontribuaĵojn** oni sendu retpoŝte, prefere unikode aŭ x-alfabete, al la retadreso de *BA*: **redaktejo@gmail.com.**

Kontribuaĵoj sekvu la regulojn legeblajn ĉe:
**beletraalmanako.com/kontribui**

Ankaŭ fotistoj, desegnistoj, ilustristoj bonvenas. Ili bonvolu skribi al la sama redakteja ret-adreso.

Eldonejoj dezirantaj aperigon de **recenzoj** bv. sin turni al la sama redakteja ret-adreso (sufiĉas la sendo de nur unu ekzemplero rekte al la recenzonto, post interkonsento kun *BA*).

Por **anoncoj aŭ reklamoj**: skribu rekte al **informo@librejo.com.**

Ĉiujn ceterajn demandojn pri la eldonado kaj dissendo bv. direkti al:
**informo@librejo.com.**

---

**Pri la enhavo de la kontribuoj responsas la aŭtoroj mem.** Tio validas retrospektive por ĉiuj numeroj de *Beletra Almanako* ekde *BA1* (septembro 2007) ĝis nun. ✦ **La lingvaĵo de kontribuoj publikigataj en** *BA* **laŭeble konformu al la komunume evoluigata ĝenerala normo**, kun *NPIV* (presita kaj reta) kaj *PMEG* kiel ĉefaj referencverkoj, interkonsente kun la aŭtoroj.

---

**Eldonejo:** Mondial, 203 W 107th Street, #6C, New York, NY 10025, Usono
Faks-numero: +1-208-361-2863; Telefono: +1-646-807-8031

# Enhavo

ni tute sen kulposento sisteme diri "ol la mia". Kial do ni nin kateni per nura **kutimo** de la eŭropaj lingvoj, kiun la Fundamento de nia ĉiukontinenta lingvo ne preskribi kiel regulon, kara leganto?

Vi sendube scii la respondon. Kaj vi tuj diveni ke eĉ la sudamerika amiko kaj mi ne plu daŭrigi la ludon preter tiu vespero. Bonvole konstrui proprajn interpretojn, karaj legantoj. *Beletra Almanako* ne esti *Gramatika Almanako*! Havi agrablan vojaĝon tra la "normalaj", ne-nur-infinitivaj paĝoj kiuj sekvi tiun ĉi! Ĝis reludo!

INTERKULTURA NOVELO-KONKURSO

La kvina eldono de INK atendas viajn novelojn kun la temo:

## La detalo kiu ŝanĝas ĉion

Limdato: 30-a de junio 2025

bobelarto.ink/konkurso

INK

REKLAMO

bitlibroj.com

Reklamo

En Hongkongo. Foto: Tomasz Brengos. Fonto: unsplash.com

ORIGINALA PROZO

# Neŭtrale

de Sten Johansson

La komenco de romano ĵus aperinta ĉe Mondial.
Sten Johansson: *Neŭtrale*. Mondial, 2024. 194 p.
ISBN 9781595694874.

Sten Johansson

NEŬTRALE

Mondial — ORIGINALA ROMANO

Li vekiĝas pro terura krako ie eksterdome. Dum kelkaj sekundoj li kuŝas senmove en la absoluta mallumo, klopodante kompreni, kio okazis kaj kie li estas. Ĉu ree en Hispanio, kie la faŝistoj atakas? Apud li en la lito iu eksidas. Ĉu Sigrid? Ne, tio ja delonge ne plu okazas. Tamen ŝi time ĝemas:

"Jen bombo! La rusoj bombas!"

Estas Saara, kompreneble. Tion klare montras ŝia finna akĉento. Li ja estis kun ŝi hieraŭ vespere, sabate, kaj nun ili dividas ŝian mallarĝan liton en la ĉambro ĉe Magasinsgatan en Luleå.

"Stultaĵo!" li diras kaj deskuas ŝian manon de lia nuda brusto. "Kial ili bombus ĉi tie?"

Fakte ili ja bombis en Pajala antaŭ du semajnoj, 230 kilometrojn pli norde. Pro misorientiĝo, laŭdire. La sovetia aviadisto kredis ke tio estas Rovaniemi. Iom strange. Ŝajnas al li neeble preni la vilaĝon Pajala en Svedio por la ege pli granda finnlanda urbo 150 kilometrojn pli sudoriente. Iel mirakle tamen mortis neniu pro tiu misbombado.

Dum momento li ekpensas pri la haveno kaj la ŝipoj, kiuj transportas svedan feron al la germana militindustrio. Sed kial do Sovetunio bombus la havenon nun, kiam validas la pakto de neagreso kun Germanio? Cetere la ŝiptransportoj el Luleå ĉi-sezone preskaŭ ĉesis pro la amaso da glacio sur la Botnia maro, kaj oni eksportas la feron ĉefe tra la norvega Narvik.

Subite li memoras la sabotan grupon, en kiun li preskaŭ enmiksiĝis antaŭ jaro. Ĉu povas esti ago de tiu grupo? La polico ja malkaŝis ĝin kaj arestis plurajn el la membroj. Eble iu tamen evitis areston kaj nun eksplodigis la restantan dinamiton.

"Ne eklumigu!" diras Saara. "Mi ja ne havas nigrumilojn."

"Ne povas esti bombo", li ripetas, stariĝante el la lito. "Estas silente. Oni aŭdus aviadilmotorojn, se estus bombo."

"Ni devus iri en la kelon, sed..."

Li duone komprenas ŝian heziton. Ŝi ne ŝatus la klaĉadon de najbarinoj, se ili ekvidus ke viro tranoktas ĉe ŝi, kvankam ili devus jam rekoni lin. Li paŝas ĝis la fenestro kaj gvatas, ŝovante la rulkurtenon iomete flanken. Fakte ne estas tute silente. Aŭdiĝas voĉoj de la strato. Sed regas preskaŭ sama mallumo ekstere kiel en la ĉambro. Li videtas nur du-tri ombrojn moviĝi sur la neĝa strato.

"Kioma horo estas?"

"Mi ne scias", ŝi respondas. "Mi ne kuraĝas eklumigi."

Nun ankaŭ ŝi ellitiĝas kaj venas stari tuŝproksime ĉe lia dorso. Li sentas ŝiajn varmajn sed malmolajn mamojn kontraŭ lia dorsa haŭto, kaj samtempe li aŭdas iun surstrate krii: "La Flamo!"

Tuj li komprenas. Io eksplodis en la domo de la Flamo. Li turnas sin al ŝi, prenas ŝiajn mamojn delikate en la manojn kaj sentas ke li denove ekscitiĝas.

"Mi devas eliri. Io okazis al la Flamo."

Ŝiaj cicoj elstaras, tiklante liajn polmojn. Estas malvarme en la ĉambro. Li lasas ŝin kaj ekserĉas siajn vestaĵojn, kiujn li ĵetis surplanken hieraŭ vespere.

"Ĉu la nazioj faris eksplodon?"

Li ne respondas. Tio ja eblas, kvankam jam de duonjaro la Flamo skribas nenion pri Germanio kaj la faŝistoj sed nur pri la britaj imperiistoj, kiuj provokis la militon. Sed li devas eliri por esplori.

Li eklumigas la etan litolampon kaj prenas sian brakhorloĝon. Kvarono post la tria.

"Mi iros rigardi. Eble mi povos iom helpi. Mi ne certas, ĉu mi revenos ĉi tien aŭ iros rekte hejmen per matena trajno. Mi ja laboros ĉi-vespere, kaj eble oni eĉ faros ekstran eldonon, se okazis io terura."

"Restu, Ture! Mi ne volas esti sola."

"Ne timu. Ĉi tie estas nenia danĝero."

"Kiel vi scias?"

Kompreneble li tute ne scias. Li diris tion aŭtomate, kiel viro al virino.

"Nu, do mi revenos ĉi tien, esplorinte kio okazis. Restu trankvila."

"Bone, mi atendos vin. Revenu tuj, kiam vi scios."

Baldaŭ li estas sur la strato. Regas sufiĉe forta malvarmo por la komenco de marto, kaj supre inter la domoj amaso da steloj truas la nigran ĉielon. Apenaŭ eblas distingi la vizaĝojn de tiuj du-tri aliaj homoj, kiuj rapidas antaŭen al la apuda Kungsgatan. Lia malnova vundo iom ĝenas lin, kiam li lamas plu al la trietaĝa ligna domo ĉe numero 27, kie situas la redaktejo kaj presejo de la regiona komunista ĵurnalo Norrskensflamman, la Nordluma Flamo. Jam defore li vidas la flamojn, tamen ne de nordlumo sed de granda fajro. La tuta domo brulas, kaj la fajrobrigado jam ĉeestas. Ĝi tamen ŝprucigas akvon nur sur la najbarajn domojn, el kiuj unu jam ekbrulis, por eviti ke la incendio disvastiĝos. Ankoraŭ ne alvenis la polico, krom se iu el la ĉeestantoj eble estas policisto civile vestita. Iuj homoj sencele alportas vanan sitelon da akvo, sed tio nur ridindas. Estas plena brulego de la fundo ĝis la tegmento dek metrojn super la strato. Li kredas flari odoron de benzino aŭ io simila, kio jam estas malofta odoro pro la militotempaj limigoj.

Mankas ankaŭ ambulanco. Sur la neĝa strato sidas viro evidente vundita. Apude staras virino en noktoĉemizo kaj du junuloj en piĵamoj, nudpiede sur la neĝa strato. La nokto ja estas malvarma, sed ĉi tie disradias varmo el la brulego, tiel ke Ture sentas samtempan varmegon al la vizaĝo kaj froston al la nuko.

"Estas Ruĝa Filip", diras iu nekonato staranta apud li. "La nova redaktoro Filip Forsberg. Li saltis de la tria etaĝo."

"Ne, li ne saltis", kontraŭas alia viro, kiun Ture nebule rekonas kiel sampartianon. "Li kaj la aliaj en la tria etaĝo malhisis sin per littukoj, kiujn ili kunnodis. Sed Filip estas vundita. Eble la littukoj ekbrulis."

"Ĉu estas aliaj en la domo?" demandas Ture.

"Certe. En la dua etaĝo. Ili ne sukcesis eliri, kaj nun tio ŝajnas neebla. Neniu plu povas vivi tie, mi pensas."

Ture iras ĝis Filip Forsberg.

"Saluton, kamarado! Kiel vi?"

"La manoj!" ĝemas la kuŝanto, ŝovante ilin en la neĝon.

"Ĉu bruligitaj?"

Responda ĝemo.

"La ambulanco devos jam alveni. Kiu faris ĉi tion? Estis eksplodo, ĉu ne?"

La redaktoro nur kapjesas, fermante la okulojn pro doloro, kaj Ture forlasas lin. Li interŝanĝas kelkajn vortojn ankaŭ kun la junuloj.

"Ĉu vi fakte savis vin per littukoj?"

"Jes. Filip helpis nin kaj Panjon. Li mem malhisis sin laste, sed li vundiĝis."

Estas nenio por fari ĉi tie. Sed kie estas la polico? Ĉu ĝi tute fajfas pri la eksplodo kaj brulatako?

Finfine alvenas ambulanco, kiu forportas la vunditon, kaj iuj najbaroj ekzorgas pri la senhejmuloj. Dume brulanta ĉevrono falas suben en la trian etaĝon kun siblo kaj krako. Evidente ne eblas savi iun, se plu restas homoj en tiu brulanta infero.

Ture reiras al Saara, lamante la ducent metrojn reen. Ĉe ŝia strato ankoraŭ regas mallumo kaj kvieto. Ĉu oni ne aŭdis la eksplodon? Aŭ ĉu oni elektis kaŝi sin sub la litkovriloj? En du-tri lokoj li tamen vidas lumon en fenestroj. Laŭ loka ordono oni prepariĝu akirante nigrumilojn, sed ĝis nun ne necesas almeti ilin antaŭ la fenestrojn, krom okaze de ekzercoj. Cetere multaj tute fajfis pri la ordono. Ĉi tie ja ne estas milito.

"Finfine!" salutas lin Saara jam plene vestita. "Kio do okazis tie?"

"Eksplodo kaj brulatenco. Verŝajne kelkaj loĝantoj mortis en la incendio. La redaktoro kamarado Forsberg savis sin sed estas vundita. Kaj la polico ŝajne fajfas pri ĉio."

"Ĉu atako de la nazioj?"

"Mi ne scias. Oni eble neniam ekscios. Sed ni povas reenlitiĝi por kelkaj horoj."

"Mi tamen jam ne povos dormi."

"Do, ni ne dormos. Venu, ni senvestiĝu."

Li ekbruligas cigaredon kaj demetas siajn vestaĵojn. Poste li kuŝas apud ŝi, fumante kaj rigardante la ardon de la cigaredo en la mallumo de la ĉambro, dum la terura incendio daŭre restas viva en lia konscio kaj Saara forte brakumas lin sub la litkovrilo.

# 1986.
# Dio kaj tajpilo

de Grigorij Arosev                                                    11

La prezentata teksto estas la dua ĉapitro de la legendaro *La sanktaj fiŝoj de la rivero Reen* (*Святые рыбы реки Вспять*), origine verkita en 2022 de Grigorij Arosev kaj Jevgenij Kremĉukov kunaŭtore. Ĉiu ĉapitro rakontas pri malsama jaro, kaj kronologie la ĉapitroj pli kaj pli iras en la pasintecon. La saman legendaron enestas ankaŭ ĉapitro pri la jaro 1887, nomiĝanta (ankaŭ ruslingve) *Internacia lingvo*.

La kompleta teksto aperis decembre de la sama jaro en la rusia literatura magazino *Zvezda* kaj estas legebla en ties retejo.

– Kio estas la plej grava pri ĝi?

– El scienca vidpunkto?

– Ĉio kune. El scienca, el homa, el natura...

– Interesa demando. La plej grava, eble, estas ke ĉi tiu kometo fariĝis la unua pruvita okazo de reveno de kosma objekto. Tio signifas la unuan okazon de periodeco. En la deksepa jarcento, ne en la dudeka, elkalkuli kaj konjekti ĉi tiun fenomenon estis neimagebla atingo. Sed Edmond Halley ja sukcesis tion pruvi. Kaj oni memoru, ke li tiam estis ankoraŭ tre juna. Krome, Halley antaŭdiris la venontan aperon de kometo: post sepdek ses jaroj, kaj ĉi tiu prognozo estis konfirmita post lia morto. Kvankam komence oni primokis lin.

– Profesoro, kiom longe li vivis?

– Vere longe eĉ por nia tempo, des pli por tiu epoko. Se mi ĝuste memoras, li mortis iom malpli ol naŭdekjara.

– Kio okazis al la kometo pli frue?

– Kometoj estis videblaj kaj vidataj, diversaj homoj en malsamaj tempoj priskribis ilin sufiĉe detale kaj bunte. La unua okazo, ŝajne, estis en la tria jarcento antaŭ nia erao. Sed neniu povus imagi ke tio estas unusama kometo kaj ke ĝi revenas. Neniu pensis, ke la kometo sekvas iun orbiton, kiel ni, kiel la planedoj, kaj ne flugas laŭ iu rekta linio tra la Universo.

– Sed ĉu la orbitoj ja estas elipsaj?

– Jes, sed gravas, ke ili estas multe pli oblongaj, longformaj. Vi demandis ĵus, kio estas la plej grava pri la kometo.

– Jes.

– Mi povas ankaŭ diri, kio estas la plej malĝoja pri ĝi.

– Kio do, profesoro?

– Preskaŭ neniu sukcesas vidi ĝin dufoje.

\*\*\*

Anastasja rigarde esploris la ĉielon ĉiuvespere, esperante, kiam la nubaro ne estis tro densa, vidi la kometon. Ŝi bone komprenis la vanecon de siaj penoj: ŝi rigardis nur perokule, kaj ŝi ne dubis, ke ĝis certa tempo nenio estos videbla. Sed malgraŭ tio ŝi daŭre provis. Feliĉe ŝi loĝis sur la dudekdua, plej supra etaĝo, kaj kiam la vetero estis bona, la ĉielo etendiĝis antaŭ ŝi (ĝuste *antaŭ* ŝi, ne *super* ŝi) kvazaŭ vualo, kaj ĝi okupis multe pli da spaco ol la tero. Anastasja studis en la medicina fakultato de la Humboldt-universitato, sed amatore ŝi ĉiam interesiĝis pri astronomio. Tial la planita kaj poste komencita konstruado de planetario, situanta dekkvin minutojn promene de ŝia domo, donis al la estonta okulkuracistino infanecan ĝojon. "Mi vizitos la planetarion ĉiun semajnfinon!" – firme promesis al si Anastasja.

Baldaŭ post la apero de la unuaj novaĵoj pri la konstruado de la planetario evidentiĝis, ke unu el la sciencaj konsilantoj, profesoro Simon, estas ŝia najbaro. Iun tagon Anastasja vidis en la televidaj novaĵoj tre imponaspektan mezaĝan viron, kiu diris kelkajn vortojn pri la signifo de la konstruata objekto – sen iuj interesaj detaloj. Lia vizaĝo tuj ŝajnis al ŝi malklare konata, sed ŝi ne povis kapti la forglitantan respondon. Sed sekvatage ŝi renkontis lin en la lifto. "Profesoro Simon!" – ĝoje ekkriis Anastasja. Li estis surprizita: "Ĉu ni konas nin?" – "Ne, sed mi vidis vin en la televido hieraŭ." – "Aĥ jes. Dankon."

Poste ili renkontiĝis en la apuda vendejo kaj nur kapmove salutis unu la alian. Kaj je la tria fojo, denove en la domo, sed ĉi-foje ĉe la leterkestoj, Anastasja ne povis plu pacienci. "Sinjoro profesoro, ĉu vi vizitas la konstruejon?" – "Kiun?" – "De la planetario." – "Jes, mi vizitas, sed kial vi demandas?" – "Ĉu vi povus kunpreni min? Mi tiom ŝatas la stelojn!" Simon ridetis, sed hezitis tuj respondi. "Profesoro, mi nur akompanus vin al la konstruejo, eble vi ne tiom enuus dumvoje. Mi havas kelkajn demandojn pri astronomio. Surloke mi ne ĝenus vin kaj povus tuj foriri" – Anastasja persvadis. "Bone, mi vidas, ke vi estas prudenta sinjorino. Mi iros en la Thälmann-parkon venontmarde matene, kaj poste vendrede ĉirkaŭ la tria posttagmeze. Mi revenos post miaj prelegoj por tagmanĝi kaj poste iros rekte tien." – "Vendredo perfekte taŭgas por mi!" – "Ni renkontiĝu ĉi tie vendrede je la dua kvardek." – "Koran dankon, profesoro!"

Tiel ili amikiĝis. Fojfoje ili promenis al la planetario, kiu ĉiusemajne akiris pli kaj pli klarajn formojn, kaj fine komencis viziti unu la alian. Fakte Anastasja vizitis la loĝejon de Simon nur unu fojon kaj tre mallonge, tiam li donis al ŝi sciencan revuon kun interesaj fotoj. La profesoro mem vizitis la hejmon de Anastasja multe pli ofte. Ŝiaj gepatroj estis feliĉaj pri ĉi tiu konatiĝo, sekrete esperante pri ĝia evoluo (kvankam la senfamilia Simon estis emfaze neŭtrala kaj eĉ malvarma en sia persona konduto). Tamen ĉiuokaze la plezuro estis triflanka: Anastasja estis ravita de Simon, ŝiaj gepatroj fieris, ke la fama profesoro, stelulo de la scienco, vizitas ilin, kaj ili ĉiam aŭskultis lin kun respektego. La profesoro mem rilatis al la vizitoj iom utilisme: li ŝatis paroli kun la juna inteligenta Anastasja, li ankaŭ estis flatita de la atento de ŝiaj gepatroj, sed estante ege praktika homo li ĉiam klopodis trafi la tagmanĝojn aŭ vespermanĝojn de la najbaroj.

Kiam finiĝis ĉiuj amasiĝintaj demandoj pri la steloj, galaksioj kaj pri ĉio troviĝanta super la kapoj, Simon kaj Anastasja transiris al pli realismaj temoj. La profesoro parolis pri si mem, pri sia laboro, kaj tiam li kuraĝis rakonti pri sia antaŭdekkvinjara provo eskapi al la Okcidento – li volis naĝi trans la Teltow-kanalon, li estis kaptita, kaj en plej bona okazo li estus malliberigita por pluraj jaroj. Sed surprize la ministerio pri scienco kaj teknologio defendis lin. Onidire, kvankam malcerte, la ministro Prey mem telefonparolis kun la Stasi-administracio kaj petis, ke la sekreta servo ellasu la junan idioton. Oni invitis Simon en iun sekurecservan oficejon kaj donis al li tre malambiguan sugeston: aŭ li neniam provu veturi ien ajn, inkluzive de la socialismaj landoj kaj Sovetunio (kaj li eĉ ne provu akiri pasporton), sed kompense li trankvile laboros kaj vivos, aŭ li senprokraste iros en malliberejon, kaj sekve ekzistas verŝajneco de la plej supera puno. "Mi esperas, ke ĉe vi ne aperas demando, kion mi elektis?" – demandis Simon ironie, finante la rakonton. "Aperis, sed nun mi komprenas, kiom stulta ĝi estas –

Anastasja ridetis. – Sed pri vojaĝoj. Ĉu vi vere neniam iris ien ajn?" – "Vere. Nur ene de GDR, kaj ĝis nun ĉiufoje vojaĝo en pli forajn lokojn ol Strausberg aŭ Oranienburg devas esti aprobita." – "Ŝajnas al mi, ke via homa digno suferas." – "Mi konsentas kun vi, sed mi ankoraŭ ne pretas iri en malliberejon. Sed post tiu konversacio, kiun mi menciis, mi decidis, ke en tiaj kondiĉoj kaj cirkonstancoj mi ne povas permesi al mi..." Simon ne finis, sed montris la ringofingron, kaj Anastasja ĉion komprenis.

\*\*\*

Diskutoj ĉirkaŭ la kometo estiĝis ne senbaze. La scienca mondo prepariĝis por ĝia alveno, kaj la gazetaro abunde raportis pri la venonta evento.

La intereso de Anastasja pri astronomio reale ekestis ĝuste danke al la kometo. Ŝi jam komprenis, ke ŝin pli interesas literaturo pri la kosmo ol ordinara beletro, sed ĝis certa tempo ŝia scivolo estis ankoraŭ ĝermanta. En la aŭtuno de '82, kiam ŝi jam estis en sia unua semestro, la novaĵoj diris ke usonaj astronomoj rimarkis la proksimiĝantan kometon Halley. Ŝokita Anastasja provis kompreni ĉi tiun fakton. Esti la unua, kiu ĉi-foje ekvidis la kometon: nekredebla, nepriskribebla sento! Poste evidentiĝis, ke la astronomoj ne senpere vidis ĝin, sed identigis ĝin, elkalkulis ties ekziston. Sed egale estas neeble imagi, kion signifas esti la unua, kiu konstatas, ke ĝi vere revenas.

"Jes, ĉi tio estas mirinda bonŝanco, mi tre envias la kolegojn Jewitt kaj Danielson" – diris profesoro Simon kiam Anastasja dividis kun li sian jam delongan emocion.

Ili ne tuj ekdiskutis pri la kometo. La komenco de ilia konatiĝo pasis en relativa trankvilo – ne estis novaĵoj pri la gasto el la kosmo, la profesoro ne levis ĉi tiun temon, kaj Anastasja mem ne rememoris la kometon. Sed kiam ie oni parolis pri ĝi, la studentino tiom ekscitiĝis, ke ŝi unuafoje telefonis al Simon. Li ĝentile sciigis al ŝi sian hejman telefonnumeron, sed ŝi ĝis tiam ne kuraĝis ĝeni lin. Sed tiumomente jam ne plu eblis pacienci. "Sinjoro profesoro, mi tre volas pridiskuti la kometon kun vi!" – "Kio okazis?" – "Mi legis, ke iu usonano vidis ĝin!" – "Jes... ankaŭ mi aŭdis pri tio. Ĉu vi invitos min morgaŭ vespere?"

Anastasja demandis tiom multajn aferojn, ke ŝia patrino fine devis iomete riproĉi la filinon: lasu la profesoron vespermanĝi trankvile! Sed li ne vere protestis, li komprenis, ke la temo estas varma, ĉiuj estas interesataj. Kvankam li ankaŭ ne ignoris la manĝon.

– Kiam vi diris, ke vi interesiĝas pri la kometo, mi rememoris iun el miaj noticoj. Mi serĉis kaj trovis ĝin en malnova kajero. Antaŭ kelkaj jaroj, ĝuste kiam miaj kolegoj komencis serioze pristudi la revenon de la kometo, mi notis kelkajn okazaĵojn de tiuj pasintaj jaroj, kiam ĝi flugis preter la Tero. Jen kelkaj ekzemploj. Mil naŭcent dek. La prusa parlamento malakceptis la voĉdonrajton por virinoj. Lev Tolstoj, Mark Twain kaj O. Henry mortis. Mil okcent tridek kvin. La unua sekcio de fervojo en Germanio estis malfermita. Wilhelm von Humboldt mortis. Mark Twain naskiĝis – ĉu vi scias, ke lia vivo daŭris de la kometo ĝis la kometo? Mil sepcent kvindek naŭ. Komponisto Georg Händel mortis. La prusa armeo malvenkis kontraŭ la rusoj ĉe Palzig. Ankoraŭ pli frue ĉio estas proksimume sama: bataloj, naskiĝoj kaj forpasoj. Ni parolu pri la pli antikva tempo. Naŭcent dek du. Oni scias malmulte pri ĝi, sed ŝajnas ke tiujare Henriko la Birdisto fariĝis Duko de Saksio. Mi havas nur tre malklaran imagon, kiu li estis. Notu, sinjorino Gormann, ili ĉiuj vidis la kometon Halley. Ili ĉiuj rigardis supren kaj vidis ĝin. Ĉiuj ili kaj milionoj da aliaj homoj. Centoj da milionoj, miliardoj. Preskaŭ ĉiuj homoj en la tuta historio de la mondo vidis ĝin. Kiam mi pensas pri la afero ne kiel sciencisto sed kiel simpla homo, tio plej forte konsternas min. Ŝtatoj kaj landoj falas, urboj kolapsas, oni inventas radon, biciklon kaj duonkonduktanton, sed la kometo Halley atingas la orbiton de Neptuno kaj flugas reen, revenante al ni ĉiun sepdek-kvinan jaron. Nu, la cirkulperiodo estas iom malsama ĉiufoje, sed tio jam ne gravas. La kometo okazas al la Tero jam sennombrajn jarmilojn. Tio impresas, ĉu ne? Mi sentas la sensignifecon kaj mizerecon de la homo kaj la homaro plej forte en tiuj momentoj, kiam mi pensas pri fenomenoj kiel la kometo Halley.

– Mi legis ankaŭ, ke kometoj estas antaŭsignoj de malfeliĉo – Anastasja rimarkigis.

– Sensencaĵo. Lastan fojon estis paniko tra la tuta mondo. Restis multaj pruvoj. Homoj faris testamentojn, suicidis, deprimis. Kaj ĉio ĉi okazis en la progresa klera jaro mil naŭcent dek! Oni povas nur diveni, kio okazis pli frue. Sed ne restis pruvoj.

– Sed la Unua mondmilito komenciĝis ja baldaŭ post kiam la kometo preterflugis la Teron...

– Efektive. Iom pli ol kvar jarojn post tio. Kaj la Dua mondmilito, multe pli terura, komenciĝis dudek naŭ jarojn poste, kiam la kometo estis preskaŭ ĉe sia maksimuma malproksimiĝo. Apenaŭ indas kulpigi la ĉielkorpojn pri niaj propraj eraroj, krimoj kaj simplaj stultaĵoj. Kiu scias, kio okazos al ni en la jaro du mil dudek kvar, kiam la kometo denove troviĝos plej for de ni? Kion ni postvivos je tiu punkto, en kia situacio ni estos?

\*\*\*

Malfrue vespere Anastasja denove telefonvokis.

– Sinjoro profesoro, pardonu, ke mi telefonas tiom malfrue. Sed ĵus mi estis revenanta hejmen de mia amikino kaj vidis, ke via fenestro estas lumigita.

(Anastasja mensogis: ŝi estis hejme, sed kuris eksteren por kontroli ĉu la lumo de Simon estas ŝaltita.)

– Ĉu io okazis, sinjorino Gormann?

– Mi pensis: sed kio pri Dio?

– Mi ne bone komprenas vian demandon.

– Ĉu Dio ekzistas? Kion diras la scienco?

Simon paŭzis.

– Vestu vin kaj eliru. Ĉu vi povas? Ĉu vi ne estas laca? Bonege. Ni iru al la stacio kaj reen – li diris.

La studentino kaj la sciencisto silente atingis la fervojon. Ŝi atendis lian respondon, li provis formuli ĝin.

– Kial vi ne telefone parolis kun mi, ĉu tio estas sekreto? – Anastasja fine demandis.

– Ne, mi simple ne scias kion diri.

– Kial do ni iras ien?

– Kial vi demandis min pri Dio?

– Vi ja estas astronomo.

– Kaj kio do?

– Vi povas scii, supozi...

– Ĉu vi pensas, ke Dio estas ie ekstere? – La fingro de Simon leviĝis al la malhela ĉielo. – Jes? Kial? Ĉar Jesuo ĉieliris, kvazaŭ supreniris en la kosmon?

Anastasja ŝultrolevis.

– Ŝajnas al mi, ke vi povas rakonti al mi pli pri Dio.

– Mi?!

– Vi estas kuracisto. Komisiito de Dio. Ĉiu kuracisto estas dio. Vi malhelpas la dian providencon, savante tiujn kiuj devus morti. Vi kontraŭstaras la leĝojn de la naturo, konstante permesante al la plej malfortaj estaĵoj pluvivi. Dum akuŝo, ekzemple. Se homo estas malsana aŭ mortanta, nur kuracistoj, ne astronomoj, povas savi lin. Nek bankistoj, nek politikistoj. Kaj eĉ ne pastroj. Nur vi kaj viaj kolegoj.

– Sed ni ne ĉiam povas savi homon.

– Jes. Sed aŭ vi aŭ neniu.

– Sonas kiel tre forta devigo por mi...

– Ne mi elektis profesion por vi, sinjorino Gormann, ne mi.

– Pardonu, sinjoro profesoro. Mi estas iom konfuzita...

– Mi komprenas. Ankaŭ vi pardonu min, mi ne intencis fari tian premon sur vin.

– Sinjoro Simon... Mi kredas, ke mi komprenas, kion mi volas demandi. Ŝajne la scienco kontraŭdiras religion. Almenaŭ kristanismon. Via fako rebatas ĉion, kio enestas la Sanktan Skribon. La aĝon de la Tero, ekzemple... Ĉi tio estas la plej simpla afero, mi komprenas, sed tamen.

– Mi ne vidas kontraŭdiron. Inter sciencistoj la procentaĵo de kredantoj estas la sama kiel en ĉiuj aliaj profesioj. Ĉi tio ne estas la unua fojo kiam mi renkontas demandojn similajn al la viaj. Kaj ĉiuj, kiuj demandas, ne komprenas unu aferon: kredo ne estas scio, kredantoj estas ne tiuj kiuj scias, kredantoj estas tiuj kiuj kredas. Kaj tiuj kiuj demandas nek scias nek kredas, sed dubas. Tamen scii ne estas eble. Kiel ni povas certe scii ion pri Dio?

– Sed ni ja scias, ke la vosto de la kometo Halley estas tridek milionojn da kilometroj longa, kvankam neniu ajn iam ajn sur la Tero marŝis aŭ veturis aŭ flugis tian distancon. Kial ni ne povas scii almenaŭ ion pri Dio?

– Tio signifas ke Dio simple ne volas ĉi tion. Ĉio eksciebla estas jam eksciita aŭ baldaŭ eksciota. Sed la temon de Dio oni ne povas kompreni.

– Eble estas nenio por kompreni?

– Povas esti. Sed ne ekzistas malambigua respondo, kaj denove vi volas anstataŭigi kredon per scio, sinjorino Gormann. Pensu ni pri nia kometo. Ni donis al ĝi nomon bazitan sur la malkovrinto, sciencisto Halley, sed fakte ĝi havas neniun nomon, aŭ eble ĝi havas, sed tute alian, neekscieblan por ni. Divenado de tia nomo ne havas sencon. Neniuj perspektivoj. Mi ne partoprenos similan divenadon. Same mi ne scias, kie estas Dio. Eble sur Antares, eble sub la tera mantelo, aŭ eble en viaj fingroj kaj okuloj. Aŭ ĉie kaj ĉiam samtempe – ĉi tiu versio ŝajnas al mi pli fidinda ol la aliaj. Ni devas kredi. Jen ĉio.

– Sed ja astronomio pruvas...

– Sufiĉas, sinjorino Gormann. Ni legu la Libron de Ijob. Estas kelkaj nekredeblaj pecoj tie, ekzemple "Li pendigis la Teron sur nenion". Sur nenion! Kaj tiel ja reale estas. Notu, ke estas menciataj neniuj testudoj aŭ elefantoj. Kaj ne nur la Libro de Ijob enhavas similaĵojn. Iam oni alportis al mi samizdatan artikolon, kie la aŭtoro skribis, ke bibliaj faktoj tre malofte kontraŭdiras la sciencon. Sed neniu volas fosi kaj esplori ĉion ĉi. Sed mi same ne povas garantii, ke ĉi tiu artikolo enhavas nur la veron, mi mem ne estas sufiĉe kompetenta por analizi ĝin.

– Kaj la kreo de la mondo en ses tagoj?

– Mi legis, ke en la originalo la vorto tradukita kiel "tago" povas signifi ankaŭ "epoko". Milionojn da jaroj, ekzemple. Tamen mi ankaŭ ĉi tie ne estas certa, ja mi ne estas teologo aŭ hebreisto. Sinjorino Gormann, ĉi tiu konversacio ne havas sencon. Se vi bezonas pruvon pri la ekzisto de Dio, turnu vin al sinjoro Tomaso de Akvino. Li estas morta jam sepcent jarojn, sed eble vi sukcesos ion fari ĉi-prie. Kaj mi mem preferas zorgi pri bagatelaj aferoj, pri la sensencaĵoj el la kosmo.

– Ĉu vi mem neniam dubis pri ĉio ĉi?

– Neniam. La foresto de dubo savis min multfoje. En ĉiuj sencoj kaj situacioj, kiujn mi alfrontis. Provi kompreni Dion uzante sciencajn kategoriojn estas proksimume same kiel uzi simplan tajpilon por flugi al la kerno de la kometo Halley. La ilo estas bona, la celo same ne malbonas, sed ili neniel konvenas unu al la alia.

Anastasja ridetis. Ili proksimiĝis al la domo.

– Mi kredas vin, sinjoro profesoro.

– Bonege. Kredu min, sed ne je mi, tio estas gravega nuanco.

– Tamen nun mi havas eĉ pli da demandoj ol antaŭe...

– Mi laŭeble respondos ilin. Tamen nun mi jam irus dormi, morgaŭ matene mi prelegos.

– Momenton, se vi permesas – diris Anastasja ĉe la enirpordo. – Profesoro, sed kio pri morto?

– Denove mi ne komprenas, kion precize vi demandas. Sed ĉiuokaze morto ne ekzistas. Kio estas morto se la kometo Halley aĝas milionojn da jaroj?

– Sed la homo?

– Estas neniu homo. Homo estas nia iluzio. Ni ekzistas, sed antaŭ Dio kaj la kosmo nia signifo estas tiel ridinda, ke esence ni ne ekzistas. Do estu trankvila. Ĉu ni vivas aŭ ĉu ni mortas – estas absolute neniu diferenco.

# Verda pordo en ĉielarko

de Laure Patas d'Illiers

Ruĝa? Kial ili farbis sian enirpordon ruĝa? La ŝia restis griza, kiel ĉiuj pordoj de ĉiuj etaĝoj. Enirporda koloro seninteresas. Nu, malfermi tiun stultan ruĝan pordon. Kie estas ilia salono? Vidalvide, trans malfermita pordo. Kie estas iliaj florpotoj? Ho, kiom da? Unu, du... naŭ rondaj kaj du longaj. Hodiaŭ ŝi ne havas tempon por tiom akvumi, ŝi revenos morgaŭ. Kial ŝi konsentis? Ŝi perdos tempon akvumante tiujn damnitajn plantojn. Kial ili petis ŝin? Kompreneble ĉar ŝi loĝas sametaĝe. Kial ŝi ne rifuzis? Fakte, ŝi ne havis tempon, la dialogo daŭris apenaŭ minuton, jen la ŝlosilo, dankon, tuj Karlito foriris. Ba! Devas esti kutimo en Parizo akvumi plantojn de najbaroj dum ferioj.

Mardon vespere ŝi iras akvumi la malbenitajn plantojn. "Dufoje semajne sufiĉas" klarigis Karlito, "Tutsimplas, se folioj malsupren pendas, tio signifas, ke planto soifas". La plantoj ja pendigu siajn foliojn, aliokaze ŝi certe ne vidos ke ili soifas, pri plantoj ŝi senkompetentas. Cetere, havi plantojn endome estas malnature. Plantoj kresku ekstere! Tie ili estos akvumataj de pluvo, ne necesos peti najbaron akvumi. "Akvumilo estas en kuireja lavujo" diris Karlito. Kie estas ilia damnita kuirejo? Ĉu tiu oranĝkolora pordo? Jes. Kuirejo tute moderna, kun ĉiaj aparatoj. Ili riĉas. Kiam ŝi transloĝiĝis tien ĉi, ŝi konis neniun. Hejme en Lapanouse oni konas ĉiujn, sed en Parizo neniu alparolas iun ajn. Iam sonoriĝis ĉeporde. "Saluton, ni estas viaj najbaroj ĉe la sama etaĝo. La granda nomiĝas Haroldo kaj la malgranda Karlito. Ĉiujare en majo, ni okazigas feston de najbaroj en la korto." Kiam okazis la festo, ŝi longe rigardis trafenestre antaŭ ol malsupreniri. Dum la festo, Haroldo kreis amikan etoson. Li diris ke ili ambaŭ laboras "pri eventoj". En Lapanouse neniu laborus "pri eventoj", tiaj aferoj ekzistas nur ĉi tie. Tiom da strangaĵoj! Ankaŭ pri ili, du viroj kune vivantaj.

En Lapanouse tiaj homoj primokindas, ĉi tie oni taksas la aferon banala. Tamen, ne normalas... Fek'! Portante akvujon, ŝi malatentis kaj akvo falis sur multkoloran tapiŝon. Ba! Ĝi havos tempon por sekiĝi. "Ni eble revenos post semajno," diris Karlito. Ili ja akurate revenu! Ŝi havas alion por fari ol akvumi.

Merkredon vespere ŝi iras al la najbara kuirejo kunportante abrikotojn. Ŝi metas pulpon en miksilon kaj ŝaltas. La subita bruo konsternas ŝin. Ŝi ĵetas maltrankvilan rigardon ĉirkaŭen, kvazaŭ timante riproĉon. Ŝi verŝas la kirlaĵon en glason, kuŝiĝas sur sofon kaj gustumas. Bongustega! Ŝi lekas lastan guton sur siaj lipoj. Ŝi esploras pri la necesejo, trovas ĝin apud la kuirejo, malantaŭ pordo flave farbita. Ŝi sidiĝas. Vidalvide, surporda afiŝo reklamas pasintan feston. Haroldo kaj Karlito ŝatas festojn. Ĉu ili laboris pri ĉi tiu? Sur fona ĉielarko, ses vizaĝoj ridetas. Ĉu virinoj, ĉu viroj? La vizaĝoj mokas ŝian dubon. La plej dekstra belaspektas. Certe viro! Ŝi sentas ke ŝi ne kapablos feki. Ŝi stariĝas, surmetas sian pantalonon. Nenial, ŝi kliniĝas, kisas la paperan buŝon de la belulo. Ŝi ruĝiĝas, klakbatas la pordon kaj hejmenkuras.

Ĵaŭdon ŝi ne iros ĉe la najbarojn. Ne ĉiutage! Alveninte al sia etaĝo, ŝi staras inter sia griza pordo kaj ilia ruĝa, manumante sian ŝlosilon kaj la najbaran. Enirinte ĉe ilin, ŝi trairas enirejon, dekstren iras en koridoron. Post oranĝkolora kuirejpordo kaj flava necesejpordo, jen pordo farbita je kruda verdo. Malvasta senfenestra banĉambro. Sur maldekstra vando, super lavujo, murŝranketo kun spegulpordoj. Ŝi alproksimiĝas. Kion diable ŝi faras ĉi tie? La najbaroj neniel interesas ŝin! Unu post la alia, ŝi malfermas la tri murŝranketajn pordojn. Maldekstre: diverskoloraj ŝminkaĵoj por palpebroj, okulharoj, lipoj, haŭto. Lipoŝminko malhelruĝa kiel grenato. Kiel ĝi aspektos sur ŝiaj lipoj?... Bele! Kiu surmetas ĉion ĉi? Ĉu Haroldo, ĉu Karlito? Ĉu ambaŭ? Ĉu dum festaj eventoj? Meze: raziloj, razoŝaŭmo, seninteresa. Dekstre sube: pansaĵoj, aspirino, termometro. Dekstre supre: stakoj de medikamentskatoloj kun nekonataj nomoj. Surprizite ŝi senmoviĝas. Sanuloj ne stokas tiom da kuraciloj. Ĉu aidoso? Evidente! Ĉe tiaj homoj, povas esti nenio alia! Ŝi fotas la skatolojn. Ŝi fermas la dekstran pordeton, singarde, kvazaŭ estus risko ke la misteraj kuraciloj disvastigas venenon. En la speguloj ŝi palas. Pro la malhelruĝa lipŝminko ŝia buŝo ŝajnas sanganta vundo. Per mantuko ŝi vigle viŝas siajn lipojn, ĝis restas nenio.

"Dufoje semajne" diris Karlito. Ŝi akvumis mardon, hodiaŭ estas vendredo, ŝi reiru. Ĉi-foje ŝi scias kiel fari, dek minutoj sufiĉas. Ŝi fermas la salonan pordon helbluan kiel somermeza ĉielo. Ŝi nun staras en la kvadratforma enirejo. Malantaŭe salono. Antaŭe enirpordo. Maldekstre, koridoro al aliaj ĉambroj. Dekstre, grandega de-plank-al-plafona murspegulo. Ne, murŝranko kun kvar spegulpordoj. Kio enas? Malhelaj kompletoj, manteloj, nenio interesa. Ho, roboj. Robo kaj robo kaj robo, kiom da? Longaj kaj brilaj por festoj. Kiel belas tiu ĉi! Ŝi provu ĝin. Ŝi ĵetas sian veston, tordiĝas por eniri kaj zipfermi la striktan vestaĵon, rektiĝas antaŭ la speguloj. La robo perfekte taŭgas. Probable ĝi apartenas al Karlito, li proksimume samgrandas. En spegulo, ŝi kontemplas elegantan nekonatan virinon kun mistera rigardo. Streĉa kaj brila ŝtofo emfazas koksokurbojn. Larĝa dekoltaĵo malkaŝas mamosupron, kie haŭto malkutimas montriĝi. Fingropinte ŝi flugtuŝas tiun blankan, delikatan haŭton. Ŝiaj fingroj karesas intermaman fendon. Ŝia spirado plirapidiĝas, ŝi sentas kapturnon. En la spegulo, la bela virino ruĝiĝas, ŝia duonmalfermita buŝo petas kison. Kio okazas? Ŝi tremetas, rigardas ĉirkaŭe kvazaŭ timante esti rigardata. Rapide ŝi demetas la belan robon. Hejmen revenante, ŝiaj kruroj iomete ŝanceliĝas.

Sabaton ŝi pigras sur sia sofolito, senatente trarigardante sian telefonon. Ho, fotoj de la medikamentskatoloj. Ŝi rete serĉas iliajn nomojn. Malfacilas distingi inter nomoj de kuracilo kaj de aktiva substanco. Fakte, la medikamentoj estas ne kontraŭ aidoso sed kontraŭ kancero! Kiu el ili? Karlito junas, onidire kancero estas malsano de maljunuloj. Kiom aĝas Haroldo? Ĉar li kalvas, ne videblas, ĉu liaj haroj blankus. Lia vizaĝo havas sulkojn, li probable aĝas almenaŭ kvindek, do maljunas. Ĉiuokaze, kancero ne kontaĝas, do ŝi riskas nenion irante tien. Kiam ŝi enirintas ĉe ili, ŝi paŝas laŭ la koridoro, kie viciĝas koloraj pordoj. La lasta estas farbita per velura purpuro. Nepre dormoĉambro. Ŝi hezitas, manon sur manilo. Haroldo kaj Karlito havas nur unu dormoĉambron, do kunvivas kiel paro. Kion ili faras ene? Kiu faras kion al la alia? Ĉar ili riĉas, ili certe havas grandan luksan dormoĉambron, kiel en la filmoj. Ronda lito meze, nigraj satenaj litotukoj, plafona spegulo, ĉiaj erotikaj helpiloj... Ŝi malfermas kaj surpriziĝas. Tre simpla dormoĉambro. Blankaj vandoj. Larĝa lito kun malhelblua kovrilo. Ambaŭflanke de fenestro, kurtenoj el sama malhelblua ŝtofo. Sur mura afiŝo, ĉemara blanka-blua domo reklamas pri turismo en Grekio. Sur noktotablo, en bambua kadro, la granda Haroldo kaj la malgranda Karlito ridetas al ŝi. La foto ne malnovas, tamen Haroldo havis abundajn blondajn hararon kaj barbon. En dekoltaĵo de lia ĉemizo, buklaj haretoj silkaj kiel pelto. Ŝi diagonale surliten kuŝiĝas. Ŝi enŝovas manon en sian ĝinzon kaj donas al si plezuron imagante amori kun la granda Haroldo kaj lia vikinga felo.

Dimanĉe, en Lapanouse, ŝi kutimis trinki aperitivon kun sia familio. En Parizo ne plu, ĉar alkoholaĵoj multekostas. Ĉu la najbaroj havas botelojn? Ĉu en la salono? Hura! Ŝi verŝas glason da Campari kaj frandas ĝin sur sofo. Hodiaŭ pasis semajno de post la foriro de Haroldo kaj Karlito. Ili povus reveni hejmen ajnmomente. Ial ŝi ne kredas je tio. Ŝi sentas sin trankvila, lasas sian rigardon travagi la salonon. Ho, kabla telefono. Ŝi ne havas tian, senutilus, nuntempe ĉiu havas sian propran poŝtelefonon. La najbaroj tradiciemas! Sur la telefono kuŝas etikedo kun telefonnumero. Estus amuze provi. Ŝi manprenas sian telefonon kaj vokas la numeron. Apud ŝi, la kabla telefono sonoras sekundojn, poste en sia propra telefono ŝi aŭdas mesaĝon. "Vi estas sur respondilo de la granda Haroldo kaj la malgranda Karlito. Ni foriris al Grekio kiam Haroldo ankoraŭ kapablas vojaĝi. Eble ni restos tie ĝis la fino. Ni amas vin ĉiujn." Ŝi verŝas duan glason, levas ĝin, krias: "Je la sano de Haroldo!" kaj unuglute fintrinkas. Ŝi ekstaras, iomete ŝanceliĝante. Ĉi tie estas multaj mebloj esplorindaj. Paperoj, libroj, altfidela sistemo, danc-muziko-KD de pasintaj jaroj. Ŝi elektas KD-on kun foto de nekonata eksmoda grupo. Ŝi dancas kun fermitaj okuloj, lasas siajn koksojn moviĝi laŭ la muzikondoj. La pintoj de ŝiaj mamoj frotiĝas kontraŭ ŝia T-ĉemizo. Pli agrablus danci nuda. Kial ne?

Ĉiuvespere ŝi iras ĉe la najbarojn. Ŝi pli kaj pli malkredas je ilia reveno. Ŝi akvumas la plantojn, unu post la alia, dufoje semajne. Ŝi aŭskultas la muzikojn, unu post la alia, kaj dancas ĝis kapturniĝo. Ŝi trinkas la alkoholaĵojn, unu post la alia. Ŝi surmetas la robojn, unu post la alia. Sen subvesto, por ne difekti la konturon de la robo. Cetere, tiel estas pli facile poste, kiam ŝi sin karesas sur la sofo, revante pri senvizaĝulo.

Hodiaŭ, ŝi elektis malstriktan robon el sateno je koloro de ruĝa ribo, kun brakingoj spagete maldikaj. Kiel kutime neniu subvesto. Ŝi estas dancanta en la salono, fintrinkinte duan glason, kiam subite, apud la salona pordo, aperas nekonata parolanta kapo. La muziko tro laŭtas por ke ŝi aŭdu. La entrudiĝinto unupaŝe eniras, montras ŝlosilon por komprenigi ke li ne estas domŝtelisto, svingas paperon. Suspirante, ŝi malŝaltas la muzikon kaj aliras lin. Kion volas la ĝenulo? Li estas sendita ĉi tien "por prepari la transloĝiĝon". Komprenendas ke Harold kaj Karlito decidis malplenigi la loĝejon kaj sendigi siajn havaĵojn al Grekio. Damne! Li venas mezuri la transportotan volumenon. O kej, ŝi montros al li la loĝejon. Ŝi malfermas la kolorajn pordojn, unu post la alia. La ulo sekvas ŝin en ĉiun ĉambron kaj notas. Li aspektas ordinara, nek bela nek malbela. Tridek aŭ kvardek jaroj. Malhelaj haroj noditaj ĉenuke en harbulo. Ankaŭ li flanken ĵetas rigardojn al ŝi, silente, inter du notoj, kun eta rideto. Ŝi malfermas la verdan pordon, eniras la banĉambron, aŭdas post ŝi lian spiradon. Ŝi stariĝas antaŭ la lavujo kaj rigardas sin en la spegulo. Ŝi vidas sian vizaĝon, sian kolon ĝis siaj ŝultroj, malantaŭe la ulon skribantan. Li levas sian kapon kaj iliaj rigardoj renkontiĝas en la spegulo. Liaj malhelaj migdalformaj okuloj ne palpebrumas. Sen deturni la rigardon, kun la sama rideto, li alproksimiĝas. Ŝi sentas lian spiradon sur sia nuko. Li staras malantaŭ ŝi, preskaŭ tuŝe. Li metas sian manon sur ŝian ŝultron. Malrapidege li ŝovas la maldikan brakingon ĝis ŝultropinto. Ĝi falglitas sur ŝian brakon. En la silenta ĉambro, aŭdeblas nur miksita sono de ilia spirado. Ŝi senmoviĝas kaj plu rigardas lin en la spegulo. Lia alia mano alproksimiĝas al alia ŝultro. Ŝi malfermas la buŝon kaj spiras rapide. La dua brakingo falglitas, kun ĝi la tuta robo. Ŝi sentas la malvarman satenon gliti laŭlonge de ŝiaj kruroj ĝis ŝiaj piedoj. Sur ŝia nuko lia spiro fariĝas pli forta. Ŝi sentas du manojn sur sia talio. Ŝi fermas la okulojn. La manoj malrapide sekvas la kurbon de la koksoj, alproksimiĝas unu al la alia, malsupreniras laŭ la ingveno, kuniĝas kaj glitas inter ŝiajn krurojn, kiujn ŝi disigas. Ŝi mallaŭte ĝemas. Li leketas ŝian nukon. Liaj manoj foriĝas, aŭdiĝas knaro de zipo kaj susuro de malsupreniranta ĝinzo. Ŝi sentas lian nudan korpon malantaŭ la sia. Liaj fingroj revenas, karesas ŝiajn faldojn malsekajn. Fingro trovas ŝian senteman punkton kaj cirkle tuŝas kun insista mildeco. Ŝi sentas sin penetrita de ritma glitado. Iliaj du korpoj gluiĝas unu al la alia, unu en la alia. Ŝi sentas la plezuron leviĝi, onde, ĝis fortaj trakorpaj pulsadoj. Poste, dum momento ili plu staras, anhelante, haŭto kontraŭ haŭto. En iliaj oreloj eĥas krioj kaj ĝemoj. Moske odoras. "Ĉu plaĉis?" li demandas kun sia ĉiama rideto. Ŝi turnas sin, respondas per mira rideto, ĉirkaŭbrakas lin kaj apogas sin kontraŭ lia brusto. Milde li disigas ŝiajn brakojn, paŝas flanken kaj kliniĝas super sia vesto. "Mi foriru." Kviete, li vestiĝas kaj ordigas siajn harojn rigardante sin en la spegulo, dum ŝi senmove gapas lin. Li reiras enirejen. Ŝi sekvas lin, sen vestiĝi, per hezita paŝo. "Ĉu vi revenos?" ŝi flustras. Li kisetas ŝin. "Ne, karulin'. Ni spertis bonan momenton. Nun fino. Komprenu, mi havas vivon, edzinon, familion. Pri la alia afero, mia estro sendos al la posedantoj prezproponon. Ĉio estos forportita fine de la monato." Li malaperas malsupren en la ŝtuparejo. Ŝi restas nuda en la pordo de la najbaroj kaj ankoraŭ ne rigardas vidalvide, kie ŝin atendas ŝia pordo griza.

ORIGINALA PROZO

REKLAMO

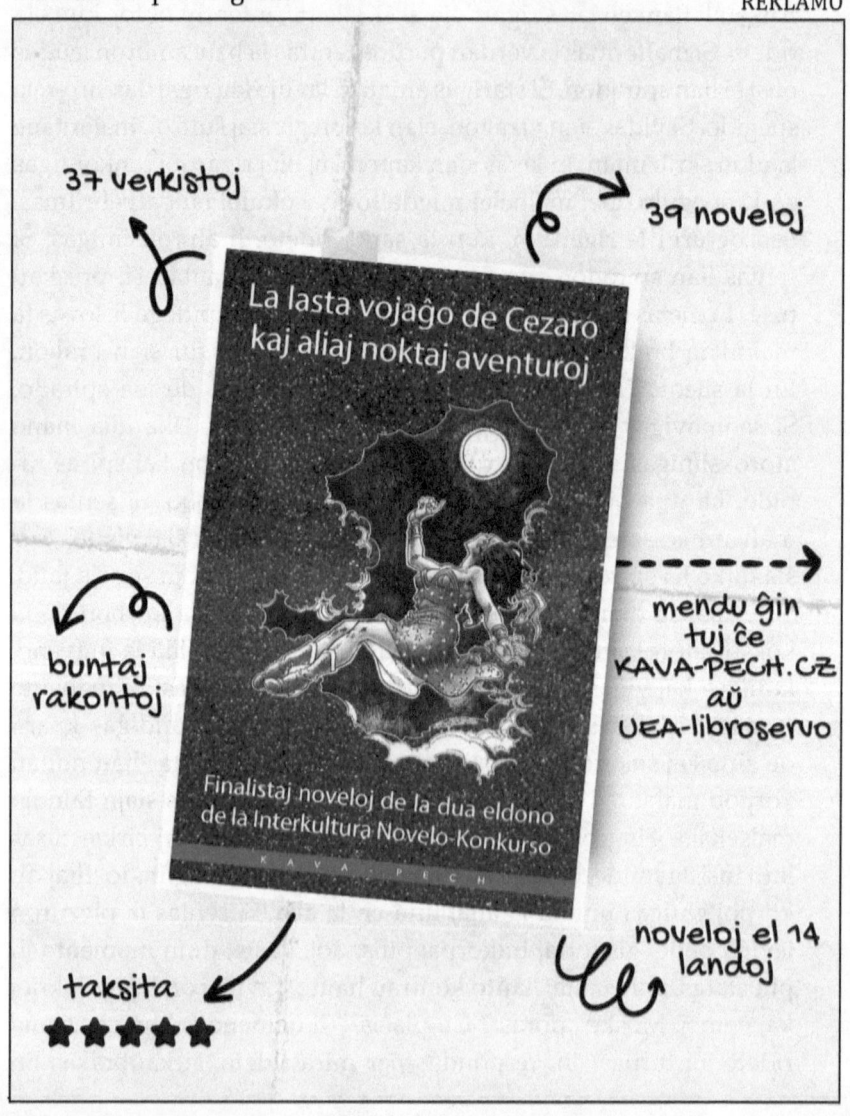

37 verkistoj

39 noveloj

La lasta vojaĝo de Cezaro kaj aliaj noktaj aventuroj

buntaj rakontoj

mendu ĝin tuj ĉe
KAVA-PECH.CZ
aŭ
UEA-libroservo

Finalistaj noveloj de la dua eldono de la Interkultura Novelo-Konkurso

K A V A - P E C H

noveloj el 14 landoj

taksita
★★★★★

# Vojaĝo al Simo[1]

Japanio kaj Svislando festis en la aŭtuno de la jaro 2014 la 150-jariĝon de siaj diplomatiaj rilatoj. Tial el la Arta galerio de la svisa Berno alvenis por ekspozicio impona sendaĵo kun pentraĵoj de la plej fama svisa pentristo, Ferdinand Hodler (1853-1918). En la japana oni eldonis luksegan katalogon sub la titolo *Renkonte al ritmaj pentraĵoj*. La ekspozicioj okazis en Tokio kaj Kobe. Mia japana amikino Krizantemo tiusomere kuiris en mia hejmo en Zagorje fumaĵitan angilon por siaj kroataj amikoj. Kiam la gastoj foriris, ni sidis antaŭ la malnova domo kaj trinkis teon.

– Nun estus bona momento eldoni vian libron *Hodler en Mostar* en la japana. Kiom multe tradukis via tradukinto?

Krizantemo kaj mi konatiĝis en la jaro 1973 en Sarajevo. Ĉe Internacia Junulara Kongreso, la IJK. Ni ambaŭ dum la sekvaj jaroj, ekde la tempo de TEJO-aĝo, aktivis en Universala Esperanto-Asocio, kiun en la jaro 1908 fondis en Ĝenevo ĝuste la sola filo de la pentristo Ferdinand Hodler, Hector Hodler.

Mia japana amiko Mori Singo komencis japanigi mian verkon *Hodler en Mostar*, sed malsaniĝis dum la traduklaboro. Lia filino Nobuko konsilis trovi alian tradukonton.

Aŭdinte pri tiu evoluo de la afero Krizantemo proponis ke ŝi traduku kaj eldonu la verkon japanlingve. Sed mi devus unue akompani ŝin al Sarajevo kaj Mostar por vidi la nekonatan kolekton de la verkoj de Ferdinand Hodler, kiu tie troviĝas. Tiu vizito eble helpos ĉe la solvado de piednotoj kaj kreado de titolpaĝo. Aliri la trezorojn de la galerio ne eblas por simplaj hazardaj vizitantoj. Mi decidis anonci nin per iu amiko de la direktoro, kiun mi konis, por ke la peto ne estu rifuzita kaj la respondeculoj montru al ni la bone protektatajn verkojn.

---

1 Kroata versio ricevis premion por vojaĝprozo en la kroata konkurso Franjo Horvat Kiš 2017. Publikigita en *Kaj* 1-2, revuo por literaturo, arto kaj kulturo, Zagreb 2017.
— *La notoj estas de la aŭtorino, krom se alie notite.*

- Multan dankon, Krizantemo. Estus bele. Sed mi flegas la patr-

- Multan dankon, Krizantemo. Estus bele. Sed mi flegas la patrinon, kiu kuŝas senmova enlite. Mi povas iri nur ĝis la plej proksima vendejo.

Mi ne povis akcepti la inviton.

- Trovu iun flegistinon por la du tagoj de la foresto – diris Krizantemo mallonge.

Mi trovis la flegistinon Gabrica, kaptis mian malgrandan ruĝan valizon, kaj ni rapidis al Zagrebo, al la flughaveno. Estis mezo de marto. Oni petis nin forpreni niajn botojn, mantelojn kaj brakhorloĝojn kaj pasigis ilin tra la flughavenaj kontrolaparatoj.

Post iom pli ol duonhoro tra la fenestro de la aviadilo ni ekvidis la tegmentojn de Sarajevo kaj la serpentumadon de la rivero Miljacka.

- *Umjetnička galerija*[2], strato *Zelenih beretki* 8[3] – diris mi al la taksiisto.

- Tio estas kvazaŭ iu teatro – diris la taksiisto.

Li havis ideon ke temas pri io kultura, sed kion precize signifas la vorto "galerio" li ne sciis.

En la arta galerio atendis nin la direktoro Strajo Krsmanović kaj kuratorino Ivana Uvodičić, la fakulino pri Hodler.

Ni dankis ke ili akceptis nin kaj klarigis ke ni ŝatus vidi la verkojn de Hodler en ilia trezorejo.

En la lasta milito la fasado de la galerio estis trafita de deko da pafoj. La riparadon de la fasado helpis la Ambasado de Svislando en Sarajevo. La sama ambasado donacis kelkajn aliajn verkojn de svisaj pentristoj, por ke la sviso Hodler ne sentu sin soleca en Sarajevo.

La afablaj oficistoj gvidis nin ĝis iu ŝranko kaj per ŝlosilo delikate malfermis ĝian seruron. Unue elvenis la lastatempe novkadrita *La pejzaĝo*. Ni rigardas kortuŝitaj. Krizantemo estas tiom trafita de la speciala momento ke ŝi eĉ ne elprenas sian fotilon. El la dua ŝranko de la trezorejo la kuratorino elprenis *Augustine*. Desegnitan en 1887. La alia nomo de tiu desegnaĵo estas *Tajloristino*. Mi rigardas ĉu ŝi kudras beboveston por la naskota Hector. Ne. Tio kion ŝi kudras ne estas bebovesto. Estas io pli granda. Ĉu blanka ĉemizo por Ferdinand?

Mi donis pli da informoj al la muzeaj oficistoj:

2  Arta galerio
3  Verdaj beretoj: temas pri eŭskaj ĉapoj kiajn portis la soldatoj de la bosnia armeo.

Vojaĝo al Simo

ORIGINALA PROZO

- Ni du estas sentimentalaj rilate la bebon Hodler. En la jaro 1908 Hector fondis la tutmondan Esperanto-organizon. Per ĝia junulara fako ni renkontiĝis en Sarajevo en 1973 kaj ĝis hodiaŭ laboras por Esperanto. Ne multe da scivolemo por la fenomeno montris la estroj. La francino Jeanne estis la plej kara modelo de la pentristo Ferdinand Hodler. Nun ni staras antaŭ la pentraĵoj kiujn Jeanne kaŝe elportis el la ateliero kiam ŝi elloĝiĝis de tie. Tiuj pentraĵoj veturis kun ŝi al Usono kaj multajn jarojn poste venis al Mostar, al la hejmurbo de ŝia dua edzo Meho Ćišić.

- Kaj ĉu vi eble scias kio okazis al la pentraĵoj kiujn la modelo de Ferdinand, Jeanne, kun sia novedzo Mehmed Ćišić lasis en la banka trezoro de Ĝenevo antaŭ ol ili translokiĝis al Ĉikago? Ĉu tiuj pentraĵoj daŭre kuŝas en la deponejoj de la banko?

- Probable la verkoj estas daŭre tie. Neniu povas transpreni ilin, neniu heredis ilin.

La vizito finiĝis.

La oficistoj remetis la pentraĵojn kaj reŝlosis la trezorejon.

- Kaj kiam vi aĉetis tiun Hodleran kolekton?

- Fakte, ne ni aĉetis la kolekton. La bosnia registaro aĉetis la kolekton kaj post longa proceduro lokis ĝin en nia galerio. La vendinto estis prof. Besim Korkut[4]. Svislando volis aĉeti la kolekton. Sed troviĝis iu ĉi tie, kiu komprenis la valoron de la verkoj kaj luktis por ke Hodler restu en Sarajevo.

- Mi ie legis ke la kolekton vendis parencino de Meho, Emina Korkut.

- Estis prof. Besim Korkut.

Ni iras al la elirejo de la galerio. Tie ni aĉetas katalogojn kaj paperan saketon sur kiu estas florbukedo desegnita de Hodler, eble por Jeanne.

Ni scivolis pri aliaj aferoj. Sed neniu el la oficistoj povis akcepti inviton al vespermanĝo kiun prezentis Krizantemo. Ĝentila rifuzo. La sinjorino havas tri infanojn, kiuj atendas hejme.

Ni adiaŭis kaj direktiĝis al la hotelo Eŭropo.

El nia ĉambro ni rigardis al la urbo:

- Vidu, oni lumigas la lumojn de la minareto.

Dum ni rigardis al la minareto, aŭdiĝis la voĉo de muezino.

---

4  Besim Korkut (1904-1975) bosni-hercegovina orientalisto de albana deveno. Studis la araban lingvon en Kairo. Poste en Sarajevo instruis la araban. Li kreis la plej popu-laran tradukon de la Nobla Korano en la bosna lingvo.

Ni iris promeni al Baščaršija[5].

Tra la fenestro de la manĝejo videblas ke en metalaj tasoj kelnerino servas *begova čorba*[6] kaj alportas *tufahije*[7].

– Ĉu vespermanĝi en *Nanina kuhinja?*[8]

Mi iom tradukas por Krizantemo kaj ne haltas ĉe *čimbur* kun viando. Oni alportis bosnian poton, *čevap, hurmašice*[9].

Post la vespermanĝo ni decidas ke morgaŭ ni daŭrigos per trajno al Mostar.

Matene ni eniras en ruinecan vagonon kun la surskribo Sarajevo-Čapljina. Krizantemo saltetas de la dekstra al la maldekstra vagonfenestro por kapti la nomojn de la stacidomoj.

Alipašin most, Blažuj, Hadžići, Tarčin, Bradina.

En Bradina ĉesas Bosnio. Kelnero eniras nian kupeon alportante bonodoran kafon. La neĝo ĉe la vagonfenestro fariĝas ĉiam pli alta. Pazarić en la neĝo. Lernejo, poŝtoficejo, la dorso de la monto Bjelašnica.

Eniras iu virino, gajmiena.

– Vi estas el Pazarić?

– Mi veturas al mia patrino en Prozor.

– Ĉu la kroata armeo elpelis vin el via vilaĝo dum la milito?

– Jes – ŝi respondas. – Sed mian edzon el lia vilaĝo elpelis la serbaj soldatoj.

Ŝi nomiĝas Melisa. Kun la edzo ŝi loĝas postmilite en la vilaĝo Doljani apud Pazarić. Ŝi bredas kaprinojn kaj produktas fromaĝon. Kiam ŝi foriras kun la kaprinoj al paŝtejo, ŝi alportas lignaĵojn el la arbaro por la kuireja forno.

Mi tradukas por Krizantemo kion la kunvojaĝantino rakontas.

Melisa aŭskultas.

– Sed tio ne estas la angla, kion vi parolas.

– Ne, tio estas Esperanto, la Internacia Lingvo.

– Ve, mi ne sciis ke tio ekzistas! Sed mi legis *Konfesoj de gejŝo* – ŝi aldonis por montri ke ŝi ne estas tute for de Azio. – Sed mi ne plu memoras ĉu gejŝo estas en Japanio aŭ Ĉinio.

Mi rigardas Krizantemon.

– Ĉu vi povas imagi kiel iu en la vilaĝo Doljani en domo kovrita de neĝo legas *Konfesojn de gejŝo?*

---

5  Malnova urboparto de Sarajevo
6  "Beja supo", densa bosnia kokinsupo
7  Bakitaj pomoj farĉitaj per dispecigitaj nuksoj, ŝatata bosnia deserto
8  "Avina kuirejo"
9  Bosnia boligita viandmiksaĵo kun legomoj, viandaĵo bakita sur krado, bosnia kuko kun siropo

Ricevinte la Nobelpremion por literaturo Ivo Andrić disponigis duonon de la ricevitaj rimedoj por fondi bibliotekojn tra Bosnio. Nun ni renkontiĝas kun la rezulto.

Krizantemo emociiĝis, elprenas el sia dorsosako pakaĵon kun sekigita sepio kaj donacas ĝin al Melisa.

– Necesas nenion kuiri, nur maĉi.

– *Ajme*[10], mia edzo ne kredos ke mi kaptis sepion en vagono! Krizantemo fotas nin por adiaŭi kaj prenas ŝian adreson por sendi foton.

Neretva fariĝas pli larĝa. Grizflugilaj laroj aŭ mevoj flugas super ĝi. En Raštani jam persikarboj floras.

Alvenas konduktoro kaj anoncas ke ni alvenas al Mostar. En iu stacidoma ejo ni lasas niajn valizojn. Ŝajne ĝi ne estas oficiala deponejo, sed oni akceptas la pakaĵojn. Sub la sunradioj ni direktiĝas al la urbocentro. Krizantemo gvidas min. Ŝi ja estis ĉi tie, kontrolante la urbajn vundojn, tuj kiam ĉesis la militaj pafoj. Ni preteriras ruinon, la iaman vardomon. Ĝi havis ok etaĝojn, nun la du restintaj malfidinde kliniĝas al la tero. Ni alvenas al la Hispana Placo, kie estas monumento al la mortpafitaj soldatoj de la hispana bataliono de Unuiĝintaj Nacioj. Ni legas iliajn nomojn. Antaŭ ol ili estis senditaj al Mostar, iu el ili legis Lorca-n. Ĉiuj hispanaj soldatoj havas saman mortojaron: 1992. Tuj apud la monumento staras la konstruaĵo de Internacia elementa lernejo, bele novigita. Per Saud-Arabia mono.

– Kaj tio? Pardonu, kio antaŭe estis en tiu domo komence de la strato? – ni starigas la demandon al juna preterpasanto.

– Mi ne scias – respondas li rapide, sen interesiĝo.

– Tiu domo? – ni ripetas la demandon al iu pli aĝa preterpasanto.

– Tio estis la biblioteko de Mostar, kiun konstruis ankoraŭ foratempe la urbestro Mujaga Komadina[11].

– Biblioteko?

La sinjoro respondis varmvoĉe, kvazaŭ li ofte pasigadus horojn en ĝi. Nun kreskas arbo meze de ĝia ŝuparo. De muro al muro flugas nigraj korvoj.

Ni direktiĝas al la novkonstruita "malnova ponto". Bela ĝi estas. Simila al la malnova. Sed ni ambaŭ scias ke ne la fama konstruisto Sinan ĝin konstruis.[12]

---

10  Ajme – ve (regiona esprimo por miro aŭ doloro)
11  Mujaga Komadina (1839-1925)
12  La malnova ponto en Mostar, konstruita en la otomana tempo de la fama arkitekto Sinan, estis detruita en la milito en 1993. Post la milito Turkio rekonstruis ĝin.

Krizantemo ŝatus havi mian foton sur la ponto. La vento blovŝiras miajn harojn. Ni haltas ĉe kiosko kun suveniroj[13].

Poste ni serĉas la straton de gefratoj Ćišić, portantan la nomon de la edzo de la modelino Jeanne. Ni trovas la straton. Krizantemo fotas domojn, unu post la alia, ĝis la Pupteatro.

Poste ni direktiĝas al la hotelo Bristol. La amiko Simo ekstaras de iu tablo kaj ĉirkaŭbrakas min.

Baldaŭ lia juna parenco veturigos nin ĉiujn al la urbo de Simo, al Trebinje.

Simo ĉiĉeronas.

– Tio estas monumento al makedona politika delegacio, kiu pereis en aviadila akcidento.

Lia malrapida voĉo anoncas: Žegulje. Ljubinje. Popovo polje. Veličane. Košnice. Kaj jen Trebišnjica, la plej granda subtera rivero en Eŭropo.

Ni alvenas al Trebinje. En la strato de Sankta Sava ni grimpas al la loĝejo de Simo. Plej granda Esperanta biblioteko bonvenigas nin, plena je diversaj memoraĵoj el Nederlando, kie Simo laboris por Esperanto dum tri jardekoj.

Simo enverŝas multherbodoran brandon en la glasojn.

– Kaj kio estas tio? – Krizantemo staras antaŭ la familia ikono surmure.

– Tio estas io kion mi havus sur la muro, se mi estus pia.

Per sia fama malrapida voĉo sprite klarigas Simo.

– Ni vespermanĝos en la restoracio Bendiš, ekster Trebinje, tie en Grab, kie mi naskiĝis.

Dum ni veturas al Bendiš, Simo montras du lumojn en la mallumo:

– Tie estas la domo en kiu mi naskiĝis, Podpokos ĉe Kunja Glavica. Tie estos mia tombo, en Kunja Glavica.

Ni rigardas la mallumon kiu atendas la morton.

En la restoracio la ĉefa specialaĵo estis ŝafidaĵo bakita sub speciala kovrilo, la salato de Ŝopoj[14] kaj la vino de Trebinje.

– Kiu famulo naskiĝis en Trebinje, krom vi?

Simo iom cerbumas kaj respondas per sia konata nerapidritma voĉo:

– Ekzemple, la pentristo Rista Vukanović.

___

13 **suveniro:** objekto ofte bagatela, kiun oni kunportas de turisma loko kiel memoraĵon (laŭ la testa versio de *PIV*) – *Red.*
14 **Ŝopoj:** balkana gento

Mi haltas.

– Ĉu? La edzo de Beta Vukanović? Ne diru! Li devenas de tie ĉi? Ili du, Beta kaj Rista, estas la pentristoj pro kiuj mi aĉetis la familian bienon Njeguš en Hrvatsko zagorje. En la ĉefsalono de la bieno pendis kopio de pentraĵo de Beta Vukanović, *La serba familia festo, Srpska slava.* Ĝi pendis super skribotablo. Kiu scias de kie venis la pentraĵo al la bieno? – La pentristino Beta ekspoziciis la verkon en 1901 en Parizo. Ŝi edziniĝis al sia kolego Rista kaj veturis al lia hejmlando. Tie ŝi entuziasmiĝis pri la serba kulturo.

Mi mem kreskis sub tiu pentraĵo kaj ŝatis rigardi kiel krepusko alvenas al ĝi.

Kaj jen, la vojaĝo al Simo estas vojaĝo al la urbo de ŝia edzo!

– Trebinje donis unu straton al la du pentristoj, Beta kaj Rista Vukanović.

– Straton? Mi memoras ke la geedzoj konatiĝis en Munkeno, kie ili ambaŭ studis en la fama *Munkena skolo* en la lastaj jaroj de la 19a jarcento. Kiel geedzoj ili fondos gravan pentristan lernejon en Beograd. Sed la edzo baldaŭ mortos.

Ni tostas.

La morgaŭan tagon ni daŭrigas al la monto Crkvina. Tie la serba bonfaranto Branko Tupanjac el Ĉikago starigis sian omaĝverkon: serban monaĥejon tute identan al la fama monaĥejo Gračanica en Kosovo kiun konstruigis la serbia reĝo Milutin en 1321. Ĉi tien el Usono oni alportis en la jaro 2000 la restaĵojn de la serbia poeto Jovan Dučić (1871-1943). Li mortis en Usono sed esprimis sian deziron havi tombon kiu rigardu al Trebinje, la urbo kie li naskiĝis.

Kiam ni atingis tien, okazis meso. La monaĥejo plenplenis.

Mi mem ŝatas la ortodoksajn kandelojn el flava vakso. Ilin oni bruligas en preĝejoj sur metalaj teniloj. Supre sur la teniloj staras la kandeloj bondezirantaj por la homoj kiuj vivas. Sube la kandeloj por la forpasintoj.

Krizantemo kaj mi eliris kun kapturno. Tute malnova preĝeja stilo kaj tute novaj materialoj.

Nia veturigisto montras al ni sub la monto la riveron Trebišnjica. Jen la ponto Arslan-agić.

Konstruigis ĝin *Mehmed-paŝao Sokolović*[15] en 1574. Ĝi kunligis la centron de Bosnio kun Herceg Novi. La tuta komerco, precipe la salo, trairadis tiun ponton.

---

15  Altranga funkciulo (1506-1579) en la Otomana Imperio, naskita en Bosnio. Knabaĝe elŝirita el sia familio kaj forportita al Istanbulo al armea edukado.

Ni forlasas la lokojn sub la alta monto Leotar kaj direktiĝas al Dubrovnik. Iu akvosuĉila aparatego suĉas la akvon el Trebišnjica por akvumi la sekajn kampojn. Tie oni plukas la sovaĝajn foliojn por la famaj herbaj salatoj.

Por atingi Dubrovnik en Kroatio, venante nun postmilite el la serba parto de Bosnio kaj Hercegovino nomata Respubliko Serba, ni devas trairi mallarĝan terenon de la Federacio de Bosnio kaj Hercegovino. Jen la landlima trapasejo Ivanica. Kaj tuj post ĝi ekbrilas Dubrovnik, nereala kiel ĉiam.

Ni parkis la aŭton kaj aliris direkte al la ĉefstrato de Dubrovnik, Stradun. Jam aliras junulo, komencanto en Esperanto, kun kiu ni havas rendevuon en Dubrovnik.

– Bonan tagon, Krizantemo!

– Bonan tagon, Ivan!

La unuan fojon li parolas Esperanton. Li gvidas nin tra Dubrovnik. Ni promenas tra Stradun. Ĉirkaŭ ni reklamoj por la plej grandaj pentristoj de Dubrovnik. Sur unu fasado granda afiŝo pri ekspozicio de la pentristo Ivo Dulčić (1916-1975).

Jen dua afiŝo, pri ekspozicio de la pentristo Đuro Pulitika (1922-2006).

Ni babilas kun Ivan, studento pri diplomatio en Mostar, nun laboranta kiel kelnero en la hotelo Excelsior.

Ni tagmanĝas en la restoracio Lokanda Peskarija.

– Ĉi tie estas la plej bona *crni rizot*[16] en la urbo – solene deklaras Ivan.

– Mi ne dubas! – respondas mi, ridetanta per nigraj dentoj.

Simo rigardas la maron tra la fenestro.

– Ĉi tie mi lernis naĝi.

Por deserto ni mendas la *rozaton* de Dubrovnik[17].

Sur la eta horloĝo de Krizantemo jam nehaltigeble moviĝis la montrilo.

En la flughaveno Ćilipi atendas nin la aviadilo al Zagrebo.

Ni adiaŭas, feliĉaj ke ni renkontiĝis. Simo kutimas al adiaŭoj kaj ridetas.

Finiĝis la japana vojaĝo al Bosnio kaj Hercegovino. Rapide, kiel oni fermas ventumilon.

---

16  Nigrakolora riza manĝaĵo farita per la "inko" de sepio
17  **Dubrovačka rozata:** pudingo kun karamelkremo

# Analoj
# de **feliĉa** epoko

de Trevor Steele

Ĉi-jare, *anno domini* 2035, forpasis imperiestro Donaldo la Unua, profunde funebrata de ĉiuj, kiuj gravas. Ĉar lia unua filo mortis en enigmaj cirkonstancoj pasintjare, imperiestro Eric la Unua nun regas, kvankam multaj dubas, ĉu li plene heredis la forton de sia patro por ekstermi malamikojn.

Oni povas supozi, ke Donaldo 1 sur la mortolito estis kontenta pri siaj atingoj, kiuj ja estis senspirigaj. La iom plumpa termino Unuiĝintaj Ŝtatoj de Ameriko cedis al simpla *Amerika,* kaj la iamaj Kanado, Aŭstralio, Gronlando, Meksiko, kaj kompreneble Panamo nun apartenas al tiu glora *Amerika.* Ŝajnas, ke Brazilo baldaŭ atingos tiun saman statuson. Ni ĉiuj dankas, ke en la kernregionoj de la Imperio personoj kun fremdaj aspekto, religia kredo aŭ politika ideologio estas forigitaj, kaj la hidaj danĝeroj de rasmiksado ne plu minacas.

Apenaŭ estas iu en *Amerika,* kiu sentas nostalgion pri la pasinta epoko, kiam okazis de tempo al tempo balotado. Kian sencon havus voĉdoni, kiam la plej kapabla geniulo regas, kompetente helpate de tiuj miliarduloj, kiuj ankoraŭ ne falis tra tre alta fenestro? Oni ja scias, ke politikistoj elektitaj en tiu tempo estis koruptitaj, kaj foje la Supera Tribunalo ĝene-senutile provis interrompi la agadon de la regantoj. La iluzio pri elektopovo cedis al efikeco de regado kaj sekureco.

Konfesendas, ke kelkaj aspektoj estas bedaŭrindaj. La situacio de la milionoj da perfiduloj en koncentrejoj estas ja suferiga, sed ĉar ili ne longe vivas, tiu suferado estas limigita. Ke multaj insuloj en la pacifika regiono malaperis sub ondoj estas eble bedaŭrinde, kaj la akvo, kiu ekdronigas marbordajn urbojn en la tuta mondo, estas fakte serioza afero. Oni scias, ke en antaŭaj jardekoj oni avertis pri tiaj evoluoj, sed la imperiestro sufokis tiun histerion.

Ni civitanoj de *Amerika* ĝojas pri la neniigo de tiuj landoj, kiuj arogis al si defii nian hegemonion. La strategio de Donaldo, sen-averta kompleta ĉiuflanka detruado, donacis al la mondo la nunan *pax americana.*

Estas plendemuloj, kiuj protestas pri la fumnuboj, kiuj karesas ĉiujn urbojn, kaj la oftaj fajregoj kaj tempestoj estas ĝenaj, sed ni rajtas konsoli nin per la penso, ke kvankam la mondo ankoraŭ ne estas perfekta, ni ja vivas en la plej benata epoko en la historio de la planedo.

REKLAMO

**Vi povas jam aĉeti la trian novelaron de la Interkultura Novelo-Konkurso!**

bobelarto.ink

# Bovlo da *agariksupo*

de Yin Jiaxin

En printempo post pluvego tre rapide kreskas plantoj, precipe bambuŝoso. La 8a de aprilo, 2024 estis lia kvardeka naskiĝtago. Tiun tagon li restis libera hejme, dum la edzino laboris en fabriko kaj la dekkvinjara filo vizitis la lernejon. Li intencis por tagmanĝo kirle friti freŝan bambuŝoson kun fumaĵita porkaĵo, kiu plaĉas al la edzino kaj la filo. Frumatene li kun korbo eniris la bambuaron malantaŭ sia domo. Fosinte kelkajn bambuŝosojn, li ekreiris, kiam li trovis, ke troviĝas multe da sovaĝaj agarikoj starantaj surtere en la apuda malgranda arbaro. La griza agariko aspektas kiel ĉampinjono. Kvankam ĝi estas venena, tamen, foriginte la verdan tavoleton de ĝia interna flanko, oni povas kuiri ĝin por manĝi. Kaj ĝia gusto estas pli bona ol tiu de ĉampinjono. Do li kolektis iujn agarikojn.

Ĉe la tagmezo li kuiris tri pladojn kaj supon el agariko kun kirlita ovo. La supo alloge bonodoris, tiel ke li deziris gustumi iomete. Sed li ne certis, ĉu ĝi estas sekura. Por konstati, ĉu la supo estas senvenena, li alvokis sian hundeton kaj donis al ĝi kuleron da supo kun peco da agariko. Finmanĝinte, la hundeto, skuante la voston, vigle kuris eksteren. Li trankvile elĉerpis kuleron da supo kun peco da agariko por gustumi. Vere, ĝi estas tre bongusta! Subite, en la korto sonis ŝriko de lia filo: "Paĉjo, nia hundeto mortis!"

Je tio, li ekportis la bovlon da supo kaj impetis al la klozeto. Elverŝinte la supon en la fekujon, li ekkaŭris kun la kapo super la fekujo. Li ŝovis fingron en la gorĝon por vomigi sin, eĉ esperante, ke li povus eltreni la stomakon por ĝin lavi.

Vidinte la scenon, la filo surprizite demandis: "Paĉjo, kio okazis al vi?"

Duonfermante la okulojn, li malforte elvortis: "Venena agariko. Rapide, ambulancon!" Li mole glitis sur la plankon kaj svenis.

Post rekonsciiĝo, li trovis, ke li kuŝas en malsanulejo kaj la filo larmis apud lia lito. Li demandis al la filo, kiel restis la hundeto en agonio. La filo diris: "Tre terurige! Ĝia korpo konvulsiis pro doloro, la buŝo estis malfermita kun sango elfluanta, kaj la pupiloj elstariĝis."

"Ĉielo!" Li ŝokite svenis refoje. Ĝuste en tiu momento, lia edzino ploregante enkuris la ĉambron kaj konsterniĝis severe ĉe la sceno. La filo haste venigis kuraciston. Tiu simple ĵetis rigardon al li kaj indiferente diris: "Ne gravas. Li vekiĝos baldaŭ." Dirinte, la kuracisto eliris la ĉambron.

Vere, post nelonge, li vespirante vekiĝis denove. Karesante manon de la edzino, li volis diri ion, kiam eksonoris lia poŝtelefono. La vokanto estis lia najbaro. Salutinte lin, la najbaro diris: "Mi ĵus atingis la flughavenon, oficvojaĝonte. Kiel nun statas via hundeto?"

"Jam mortis," li respondis en trista tono.

"Bedaŭrinde! Mi petegas vian pardonon!"

"Kio?" li iĝis perpleksa.

"Tio estis akcidenta okazaĵo," daŭrigis la najbaro: "La hundeto galopis el la arbusto abrupte, mi ne havis tempon reagi por bremsi mian aŭton. Ne ĉagreniĝu. Kiam mi revenos hejmen, mi nepre kompensos al vi."

# La genezo

de Mikaelo Bronŝtejn

La aŭtoro en 1950 – Ĉiuj fotoj: la aŭtoro

\*

Mergiĝo en la historion de sia familio, serĉado de la radikoj, kreskigo de genealogia arbo, certe, estas okupo amuza kaj fascina. Kelkaj miaj konatoj fervore serĉadas antaŭjarcentajn dokumentojn, fotojn kaj aliaj pruvojn pri sia nobela aŭ almenaŭ intelektula deveno. Koncerne min, mi opinias tiun ĉi okupon ne nepre bezonata; ĝi havigas nenion, krom persona fiero kaj fanfaronado antaŭ geamikoj. Sed mi aprobas ĝin. Mi envias. Mi sincere envias.

Ĉar se mi komencu fosi la devenon de miaj prauloj, tiu fosado estos tute ne longdaŭra. Plej verŝajne mi haltus ĉe miaj geavoj, pli profundan fosadon baras la muro de forgeso, tio estas, absoluta manko de la bezonataj dokumentoj.

Certe, mi povus abunde fantazii pri la temo helpe de sendependaj libervoluloj. Post mia unua kanto-prezentado eksterlande (ĝi okazis en novembro 1991, en Parizo), la gazeto de francaj esperantistoj raportis i.a.: "Enkadre de la koncerta programo por ni kantis, verŝajne, la filo de Trocki". Ho jes, la vera familinomo de Trocki egalas la mian, kaj la supozo estas vere flata por mi. Sed mi devis informi la aŭtoron de tiu supozo, ke Trocki estis murdita naŭ jarojn antaŭ mia naskiĝo, kaj, miascie, li ne lasis konservitajn semojn por daŭrigo de sia gento...

Mi povus adicii al mia parencaro la brilan scienciston-fizikiston Matvej Bronŝtejn (1906-1938), ekzekutitan dum la stalina granda

---

1 Unua ĉapitro de onta libro, kies provizora titolo estas *La projekto "Vivo"* — *Notoj de la aŭtoro*

purigo, la grandmajstron pri ŝakoj David Bronŝtejn (1924-2006) kaj aron da aliaj famaj Bronŝtejnoj, troveblaj en Vikipedio. Sed mi ne trompu la legantojn, ĉiuj ĉi estimataj personoj havas al mia familio nenian rilaton. Ili estas nur samnomuloj. Certe, restas ioma probableco, ke ia rilato ekzistis, sed ĝi estas perdita definitive en la tempofluo.

Ankaŭ la fraŭlina familinomo de mia patrino – Altman – povas nutri fantazion ĉe esplorado. Almenaŭ pro la pentristo Natan Altman (1889-1970), aŭtoro de famaj portretoj de Boris Pasternak, Anna Aĥmatova k.a. Tamen mankas ajna atesto pri mia parenca ligo kun tiu famulo.

Mi venu al la faktoj.

*

Oni povas trovi en Vikipedio, ke Podolio (ukraine – Поділля) estas histori-geografia regiono de Ukrainio, kiun formas kelkaj provincoj en la orienta parto de la Podolia altaĵo. La tempo-torento senkompate tordadis kaj taŭzadis tiun regionon, transdonante la regon super ĝi jen al Pollando, jen al la Rusa imperio, jen dividante ĝin inter Sovetio kaj Pollando, jen denove kunigante enkadre de Sovetio. Nun ĝi apartenas al la sendependa Ukrainio... En la cara epoko Podolio estis parto de la t.n. «черта оседлости», t.e. de la zono, kie estis permesita fiksloĝado por la judoj. Ĝuste en tiu regiono naskiĝis miaj gepatroj kaj ankaŭ mi mem.

"Belaĵo de Ukrainio – jen estas mia Podolio" – diris unu el la famaj ukrainaj poetoj. Efektive, belega parto de nia Tero ĝi estas, mi diru sincere. Unu el la grandaj ukrainiaj riveroj, la Suda Bug, trafluas ĝin. Nealta montetaro, kiun kovras kverkaj arbaroj. Grandaj frukto-ĝardenoj kaj abundaj kampoj, malavare provizantaj la aborigenojn per bona ĉiujara rikolto de cerealoj, beroj kaj legomoj. Inter la legomoj plej vaste flegata estas sukerbeto.

La sukerprodukta industrio estis la plej grava por la regiono; ĝi evoluis tie dum jardekoj, kaj en mia infana aĝo oni eĉ ekskursigis lernejanojn al sukerfabrikoj. Mi propraokule sekvis la procezon – ekde lavado de la betoj ĝis pakado de la produktita sukersablo. Aparte mi diru, ke la sukerbetoj estas ankaŭ bonega krudmaterialo por hejmfarita brando. La ŝtato – en la cara epoko, sed ankaŭ en la sovetia – rezervis monopolon pri la produktado de fortaj alkoholaĵoj; hejma produktado de tiuj estis laŭleĝe persekutata kaj punata mone aŭ eĉ per enprizonigo. Tamen la popolo, speciale la vilaĝanoj, fajfis pri tiu malpermeso, kaj memfarita, vere altkvalita kaj bongusta brando ne mankis en ĉiu domo.

\*

Pri la devena linio de mia patro mi scias ne multon. La kaŭzo estas ke kiam li forpasis, mi ankoraŭ ne atingis 15-jaran aĝon.

Posedanto de la antikva hebrea nomo *Cal*, derivaĵo de la fama *Becalel*, estas mia patro. Li naskiĝis en 1870, do en la sama jaro kun Lenin; bonŝance, tio tamen ne igis lin okupiĝi pri politiko. Lia naskiĝloko estis ordinara ŝtetlo[2], amaso da kiuj lokiĝis en sud-okcidenta Ukrainio, en la areo, kie la judoj havis loĝpermeson. Ial la ŝtetlo havis la mornan nomon Ĉornij Ostrov. Mi ne scias pro kio tiu paca urbeto meritis la nomon Nigra Insulo, sed ĝi posedas tiun ĝis nun.

Cal Bronŝtejn, fortika mezaĝa viro, partoprenis en la rus-japana milito (1904-1905), kaj revenintc de la fora Oriento li loĝiĝis en Proskurov, urbo en la Podolia gubernio, ĉirkaŭ 30 kilometrojn for de sia naskiĝloko. Mi memoras lin nur kiel emeriton, sed maljunaj urbanoj rakontis al mi, ke mia patro la tuton de sia laborkapabla vivo dediĉis al la loka dolĉaĵfabriko, oficante tie kiel seruristo.

Li edziĝis en aĝo pli ol matura, dudek ses jarojn antaŭ la Dua mondmilito. Spite la aĝon, dum tiu periodo, konsiderinde mallonga, dio donacis al li kaj al la edzino naŭ filojn. Kiel infano mi bonŝancis konatiĝi kun du miaj duonfratoj, kiuj supervivis la militon. Kvar aliaj plenaĝuloj partoprenis en la milito kaj pereis en bataloj kontraŭ nazioj. Tri la plej junaj kun la patrino trafis sub la nazian invadon kaj forflugis cindre en la fornotubojn de *Auschwitz*. Mia patro ĉe la invado de naziaj trupoj en Ukrainion havis jam pli ol 70. Li ne militis, kaj dank' al la fortuno li bonŝancis resti viva. Kiel tio okazis – mi ne scias.

\*

Pri la familio Altman, tiu de mia panjo, mi havas pli abundajn informojn.

Cal Bronŝtejn en 1958

2   Ŝtetlo (jida לטעטל‎) – urbeto kun loĝantaro plejparte juda

Tradicie la judoj donas al novnaskitoj nomojn de forpasintaj geavoj. Mi ricevis la nomon de mia avo Moisej Altman. La ukrainoj nomis lin Moŝko. Tiu nealta, fortmuskola viro estis unu el la nemultaj ukrainiaj judoj, kiuj instaliĝis por konstanta loĝado ne en iu urbeto sed en vilaĝo. En la podolia vilaĝo Stupĉinci li posedis frukto-ĝardenon, kaj lia ĉefokupo estis produktado kaj vendado de fruktoj, plejparte pomoj. La amplekso de lia komerco kontentige progresis. Kun sia edzino Maria li produktis ankaŭ infanojn; tiu produktado donis same bonajn rezultojn. Ekde 1903 venis en la mondon liaj du filoj kaj kvar filinoj.

Ne estas dokumentita la dato, eĉ ne la jaro, kiam mia avo kun la tuta familio transloĝiĝis en la urbon Proskurov, tamen tiu evento ja okazis. Ankaŭ en la urbo, en la strato Remeslennaja (Metiista) Moŝko Altman havis pomĝardenon. Malpli grandan ol en la vilaĝo, sed profitdonan. La gefamilianoj partoprenis en la hejma kaj komerca ag-

La avino Maria kun du gefiloj, 1930

ado. Mia onklo Izrael rakontis ke en la knaba aĝo li havis la taskon skribi adresojn sur lignaj kestoj kun pomoj, ekspedataj al diversaj lokoj, eĉ al Rumanio.

Mi supozas, ke la tuta familio supervivis la tragediece evento-plenan unuan kvaronon de la 20-a jarcento nur per iaj aktivaj agoj de mia avo. Bedaŭrinde, mi ne havas informojn pri ĉiuj agoj. Sed mi certe scias, dank' al rakontoj de mia panjo kaj de la geonkloj, ke per la agoj de Moŝko Altman estis komplete savita unu el la judaj kvartaloj en 1919.

En tiu jaro de la intercivitana milito armitaj bandoj aranĝis pogromojn kontraŭ la juda loĝantaro en multaj regionoj de Ukrainio, rabante la havaĵon de pacaj familioj. Dum la sanga pogromo de 1919 en Proskurov estis murditaj ĉ. 2000 judoj. Sed neniu en la kvartalo, kie loĝis la familio Altman. Estis mia avo, kiu pro onidiroj pri la pogromoj okazintaj en aliaj urboj anticipe organizis armitan defendan taĉmenton. Kontraŭ barelo da sunfloroleo li sukcesis akiri kelkajn fusilojn kaj eĉ mitralon, kiu estis instalita en la subtegmento de lia domo. Pere de tiuj armiloj la juda taĉmento, defendanta siajn familiojn, sukcesis forpeli la atakantajn banditojn.

## Beletra paŭzo

*Mojŝe prenis de Ŝlomo binoklon ("Donu tuj, mi diris!") kaj rigardis antaŭen kaj iom dekstren – al Starokonstantinovskij-ponto. Sed jam eĉ sen binoklo la malamika taĉmento estis videbla tute klare. Lasinte malantaŭ si la riveron Bug, en la urbeton Proskuriv estis enirantaj la ĉevaltrupoj de batjko[3] Halajda.*

*La bando rajdis malrapide, gaje, brue, ŝajne eĉ kun senorda kantado. Antaŭ du horoj ili forlasis la judan urbeton Medĵibiĵ, – tiu situis ĉirkaŭ dudek kilometrojn for, – distretitan kaj prirabitan ĝisfunde. La ĉefa predo, kiun la buboj de Halajda akaparis en tiu truaĉo, estis vestaĵoj el la felfabriko de Ŝnejerzon. La fabrikon Halajda ordonis forbruligi. La mastro Ŝnejerzon mem, mortpafita kune kun kaduka patrino, edzino kaj ses gefiloj, nun ankaŭ brulis tie. Ne gravas – pli libere spiros Ukrainio sen kelkaj judaĉoj... Sed la varoj – tiuj estis sendube kaj senskrupule uzendaj kaj utilaj ĉe la sojlo de proksima vintro – por vesti sin, siajn gefamilianojn, restintajn en diversaj vilaĝoj, kaj por eventualaj vendoj-ŝanĝoj dum onta postmilita vivo. Do la taĉmentanoj fervore prenis ĉion, kion ili kapablis kunporti, kaj nun la tuta taĉmento aspektis tro bizare, embarase por flanka observanto. Ĉiu ĉevalo estis ŝarĝita ambaŭflanke per malzorge pakitaj sakoj, el-montrantaj ŝafofelajn kolumojn, manikojn, roversojn kaj aliajn partojn de nefinkudritaj felvestoj. Multaj taĉmentanoj estis vestitaj per peltoj diversfelaj, plejparte virinaj. Sur la kapoj ili havis papaĥojn[4], virinajn felĉapojn aŭ eĉ felajn mufojn.*

*Halajda lasis sen speciala atento la unuan straton Naberejnaja (Ĉeborda). Lia spertega rigardo tuj konstatis, ke la strato estis jam vizitita de iu el la konkurencaj batjkoj, serĉantaj facile akireblan predon en la sama regiono – Zelenij, aŭ Palivoda, aŭ, diablo scias, eble, pliaj aperis en tiu lupa tempo. Forbrulintaj tegmentoj, frakasitaj fenestroj, rompitaj barajoj konvinke atestis pri la antaŭ-nelonga invado. La dua*

---

3 Ukrainlingve *paĉjo*: gvidanto de armita bando dum la Intercivitana milito en Rusio
4 Alta vira ĉapo el ŝafofelo

strato, Remeslennaja, estis iranta al bazaro kaj aspektis netuŝita. La loĝantoj, certe, estas judoj – pensis Halajda – kaj, certe, ne malriĉaj, ĉar ĉiu ajn metio donas ian profiton en ĉiu ajn tempo, do tiu profito devas nun transiri al lia taĉmento. Milito estas milito, ĉi-tempe gajnas tiu, kiu estas pli forta, pli aroganta, pli armita, finfine! Batjko faris mansignon, kaj mem la unua direktis la ĉevalon dekstren, en la straton.

La judoj silentaĉis, kaŝinte sin, evidente, en keloj – laŭ sia stulta kutimo. Ĉe tempomanko unu grenado ĉiam solvis la aferon, sed hodiaŭ ne mankis la tempo, do... la buboj devas iam kaj iom petoli! Estis antaŭvidata absolute nenia danĝero, kaj korve nigra forta stalono de Hricko Halajda trotis senzorge antaŭ la taĉmento, portante la okpudan viregon, vestitan per plej luksa virina mantelo el nigra astrakano kaj same nigra astrakana papaho. La ĉefon sekvis kelkdeko da vicoj po tri rajdantoj. En la vojo ili rajdis po kvin, sed en tiu ĉi strataĉo eĉ tri ĉevaloj devis iri flanko-ĉe-flanko. Malantaŭ la vicoj la vojkoton tretis kelkaj ĉaroj kun municio, provizo, kelkaj inaj membroj de la bando kaj du "Maksim"-oj[5]. Kiam la tuto enfluis la straton, versimile la ĉefan en tiu juda kvartalo, Halajda levis la dekstran manon – estis haltordono por la bando.

– Judoj! – li ekkriis preskaŭ solene. – Ni venis al vi kun paco! Ni bezonas kokinojn... farunon... lakton... kelkajn ĉevaletojn! Do sendu vian homon – ni traktos pri la afero! Ni prenos ne multe kaj tuj startos al Kamjanec... mi ĵuras!

– Ha-ha-ha! – gakis la bando. – Batjko ĵuras! Li ĵuras!

La ŝutritaj fenestroj kaj la fermitaj pordoj de la tuta strateto neniel reagis al tiu klamo. Nur la vento fajfis en morne brunaj barajoj, plektitaj el salika branĉetaro kaj en senfoliaj kronoj fraksenaj laŭlonge de la strato. Tiam Halajda tiris el flava leda ujo sian pezan timindan "mauser", kaj, pene levinte la brakon, faris ses aŭ sep pafojn ĉirkaŭen – kontraŭ la silentaj domaĉoj. La tuta bando sekvis lian ekzemplon – senorda krakado de pistoloj kaj fusiloj vekis, verŝajne, ĉiujn en la urbeto. Sed la sama krakado kaŝis de la bando certan movon, okazintan en la strateto. Antaŭ la bando, prance-baŭme tumultanta, el iu korto elruliĝis alta malnova funebra kaleŝo. Ĝi komplete baris la stratvojon al la bazaro. Samtempe ankaŭ de malantaŭe baris la strateton ĉarego, plena da ŝtonoj, fantome aperinta sen ies stiro.

Kaj subite la domaĉoj ekparolis – ĉiuj samtempe per krakvoĉoj de pafiloj, sed super ili, de sur iu subtegmento ekflugis triumfe fiera

---

5   Speco de maŝinpafilo

*mitraleta trilo. La bando ekpanikis: iuj jam falis morte aŭ vundite de sur siaj ĉevaloj, aliaj elseliĝis salte kaj pafadis ĉien kaj sencele, protektante sin malantaŭ la mortintoj. Kelkaj provis transsalti la ĉaregon kun ŝtonoj kaj eĉ sukcesis, sed tie, trans la ĉarego, vaĉe staris grandegulo-ĉaristo Motl kun du filoj, same korpulentaj. La triopo estis armita per falĉiloj de naŭa dimensio, do la vojo en la inferon por la transsaltintoj estis ne tro longa.*

| 43 |

( *"Mi stelojn jungis al revado"*)

Mi vidis la geavojn nur en la familia fotoalbumo. La avo forpasis pro ftizo en 1931. Post kelkaj jaroj lia edzino, elturmentita de kancera tumoro, sekvis lin. Same okazis pri du el inter miaj geonkloj – mi vidis tiujn nur en la fotoj. Raĥel, la plej aĝa inter la infanoj de mia avo, kun tri siaj filinoj estis bruligita de nazioj en 1942, en la ekstermejo apud la ukraina urbeto Slavuta. Simeono, la plej juna inter la infanoj de mia avo, militante kontraŭ la germana armeo, pereis dum la bataloj apud Kievo en 1941. La ceteraj gefiloj de Moŝko Altman havis pli bonan sorton.

*

Polina en 1927

En la junaĝaj flaviĝintaj fotoj lia filino Polina aspektas ĉarme. Ŝin ekamis loga altstatura ukraina junulo Aleksandr, kaj ŝi respondis per reciproka forta enamiĝo. Memkompreneble, pro multjarcentaj moroj, ambaŭ familioj – kaj la juda, kaj la ukraina – estis kontraŭ ilia geedziĝo. Do en 1929 la geamantoj elektis kune fuĝi el la urbo. La paro studentiĝis en la politeknika instituto en Odeso, ricevis diplomojn kaj kiel inĝenieroj-ĥemiistoj ekoficis en certa ĥemiprodukta uzino apud Moskvo. Tie naskiĝis iliaj gefiloj. Tuj post la invado de la nazioj en Sovetion Polina kun la infanoj estis evakuita trans Uralon. Ŝia edzo Aleksandro estis rekrutigita. Li militis dum kvar jaroj kiel artileriisto, dufoje li ricevis gravajn vundojn, kaj li revenis hejmen kun kapitana rango kaj kun multaj ordenoj kaj medaloj. La geedzoj re-enoficiĝis en la sama ĥemia uzino. Du iliaj infanoj – miaj gekuzoj Ludmila kaj Viktoro –, naskitaj antaŭ la milito, heredis la altan staturon kaj blondajn harojn de la patro. La patrino donacis al ili la bluon de siaj okuloj kaj iom elokventajn kurbetajn nazojn. Ambaŭ ili elektis la vojon de la gepatroj iĝante ĥemiistoj. Viktoro atingis gravajn rezultojn en la profesia agado: li iĝis doktoro de ĥemiaj sciencoj kaj laŭreato de la Ŝtata premio. Nun ambaŭ miaj gekuzoj loĝas en Moskvo kaj mi varme amikas kun ili.

Mia onjo Polina estis virino kun vere sentema koro kaj kun anĝeleca animo, preta helpi la tutan mondon; verŝajne tiukaŭze dio donacis al ŝi pacan kaj senmorban forpason en la aĝo de 92 jaroj.

### *Beletra paŭzo*

*Ĝuste la ŝtelon mi devas danki por mia apero en la mondon.*

*Mia patro ŝtelis mian panjon por edziĝi al ŝi. Ho, certe, li havis ŝian konsenton pri tio. Sed ne la konsenton de la gepatroj ambaŭflanke. En la tridekaj jaroj de l'antaŭa jarcento estis absolute neimagebla konsento de normalaj judaj gepatroj pri edziniĝo de ilia filino al ukraina knabo. Komprenble, ankaŭ la ukraina familio de mia patro ne estis ravita pro decido de la filo edziĝi al juda fraŭlino. Sed tuta animo de mia paĉjo ĝis la fundo estis sinforgese enamiĝinta en la buntan helbrunan hararon, ĉirkaŭantan la simpatian vizaĝon kun okuloj korŝire bluaj, neordinaraj por la gento. Sed tia ŝi estis, mia panjo. Siavice, ankaŭ la panjo sinforgese ekamis tiun rufete-blondan belulon preskaŭ du metrojn altan, humurplenan kaj teneran.*

*Do la paĉjo petis helpon de amiko-ĉaristo. Per la ĉaro li, jam havanta en la poŝo du trajnbiletojn ĝis Odeso, post la noktomezo venis al la domo de la panjo. Sonis apenaŭ aŭdebla fajfo, kaj la panjo, kiu, tremante en sia ĉambreto, atendis la signalon vestita, kun preta saketo da aĵoj plej necesaj, senbrue saltis transfenestren. Mi imagas, ke nur la plenluno lumigis ilian vojon al la stacidomo kaj ilian interkisadon dumvoje. Mi imagas ankaŭ la matenan tumultegon en ambaŭ familioj; cetere, la fuĝintoj lasis kelkajn pardonpetajn vortojn, skribitajn por la parencaro...*

*Kiel rezulto de tiu ŝtelo aperis du beboj – mia franjo pliaĝa kaj mi, sed tio okazis iom poste. Dekomence la juna paro sukcese ekzameniĝis kaj studentiĝis en la ĥemia fakultato de la universitato en la brua kaj gaja urbo Odeso, kaj... kaj mi ne plu memoras ĉu ni, la infanoj aperis antaŭ ilia diplomiĝo, aŭ post tiu. Sed mi scias certe, ke nia apero pacigis la parencojn ambaŭflanke, do jarojn poste mi konatiĝis kaj amikiĝis kun miaj geavoj, ankaŭ kun multnombraj kuzoj kaj kuzinoj...*

(«*Lecionoj por viro*»)

\*

Mia onklo Izrael en 1922 forlasis la naskiĝurbon Proskurov. Li forveturis por serĉi pli bonan sorton en la grandurbo Petrogrado. En tiu urbo, alinomita en 1924 al Leningrado, li loĝis dum la tuta vivo. Izrael Altman militservis dum du jaroj kiel maristo de la Baltia floto, poste ĝis la nazia invado li laboris en la granduzino Putilovskij

(poste: Kirovskij), samtempe iĝinte studento de la vespera fakultato en la Teknologia instituto. La uzino produktis traktorojn kaj tankojn, do en la jaroj de la kruela sieĝo de Leningrado Izrael Altman gvidis riparejon por tankoj. La riparejo situis proksime al la frontlinio kaj moviĝis kun tiu ĝis Vieno. Postmilite onklo Izrael oficis en la sama Kirovskij-uzino ĝis la emeritiĝo. La sorto lasis lin senida, lia edzino ne produktinte infanojn forpasis, kiam li havis sepdek jarojn. Spite insistan admonadon de la

fratinoj, mia onklo rifuzis edziĝi refoje. En sia emerita vivoparto li iĝis grumblema preskaŭ netolereble – ĉu pro la soleco, ĉu pro tio, ke la soleco estis relativa. Ja li ne havis propran apartamenton, sed, samkiel multego de la leningradanoj, li loĝis en aparta ĉambro de komunejo kun naŭ familioj, dudek tri personoj sume. Tiuj dudek tri kompatindaj fremduloj-kunloĝantoj devis iel-tiel elturniĝi, uzante unu komunan kuirĉambron, unu necesejon kaj unu banĉambron. En la kvardekmetra kuirĉambro ĉiu mastrino posedis sian pecon de la areo, kie estis instalita tableto kun suba ŝranko kaj surmura breto por manĝilaro. Inter la tabletoj staris kvar gasfornoj por komuna uzo. Tia etoso ja donis multajn pretekstojn por kverelado inter la mastrinoj, do mia onklo, kiu ekde la forpaso de la edzino loĝis sola, racipenseme evitis veni en la kuirĉambron dum vesperoj.

Mi, loĝanta en la proksimo de Leningrado, ofte vizitadis lin. Li instalis en sia ĉambro elektran fornelon por kuiri modestajn vespermanĝojn. Mi venadis al li ĉiam kun boteleto da ĉipa konjako, kaj plej ofte ni sukcesis trovi komunan sengrumblan lingvon. Tio daŭris ĝis lia forpaso en la aĝo de 87.

Mia amata onklino Polina, aŭ onjo-Ponjo, kiel nomis ŝin kutime la genepoj, travivis okdek naŭ longajn, malfacilajn kaj ne tro feliĉoplenajn jarojn antaŭ ol akiri eternan pacon en kvieta apudmoskva tombejo. Iom kurbiĝinta pro la aĝo, tute sengrasa, kun bluverdaj okuloj, nekutimaj por nia gento, ŝi iom ekzotike aspektis en sia moskva apartamento. Ĉar tiu, versimile, estis konstruita por nanoj – unu ĉambreto iom pli ol du metrojn alta, miniatura kuirejo kaj eĉ pli eta necesejo kunigita kun duŝejo. La nanejo tamen estis aparta, kaj onjo-Ponjo fieris pro sia loĝado sendependa, ekster la familioj de ŝiaj gefiloj. Ho jes, ŝi estis tute sendependa, sed ili ŝajnis plene dependi de ŝi. Tiu eta apartamento estis stabejo, kie solviĝis ĉiuj pli-malpli gravaj familiaj problemoj. Ĝi estis azilo por la gefiloj, se tiuj emis ripozi horeton. Ĝi estis manĝejo, legejo kaj ludejo por la genepoj, venantaj post lecionoj. Ĝi estis kvietiga insuleto en vivotorento de la ĉefurbo, kaj, sendube, tiaspecan etoson lerte kreis mia bona onjo-Ponjo.

Mia estimata onklo Iĉjo havis ne pli facilan kaj ne malpli longan vivon. Nur en infanaĝo kaj dum la lasta milito li loĝis ekster la adorata de li Peterburgo. Infanojn ne donis al li Dio, do, post forpaso de la edzino, li loĝis sola, dum multaj jaroj fiere forpuŝanta penojn de la gefratoj, kaj ĉefe – de onjo-Ponjo edzigi lin denove al iu olda amikino. Entute li estis tro memstara, pene travivanta iun ajn novan konatiĝon samkiel la plej etan ŝanĝon en sia kutima vivordo. Grava parto de la vivordo estis la kortuŝe amikaj rilatoj kun la fratino Polina. La gefratoj sen monrimedoj por ofta reciproka vizitado tamen aktive korespondis, interŝanĝis porfestajn donacetojn kaj estis plene kontentaj pro la reciproka komprenemo, spirita subteno kaj tenero.

Mi, loĝanta inter Moskvo kaj Peterburgo, pro miaj oftaj oficvojaĝoj vizite venadis jen al onjo-Ponjo, jen al onklo Iĉjo, kuriere transdonante salutojn, leterojn kaj donacetojn. Min kortuŝis kaj admirigis tiu fidela amikeco inter la du maljunaj homoj. Mi opiniis tiun senton neniam kaj neniakaŭze ŝanĝebla, sed, bedaŭrinde, estis mi, kiu rompis tion. Kvankam tute senintence. Aŭ, eble ne mi, sed la blinda okazo...

**("La gajnita motorciklo")**

*

Ankaŭ mia ŝatata onjo Manjo, Maria Altman, ne havis infanojn, malgraŭ la feliĉa edzineco. Ŝin prenis kiel edzinon aferema kaj kuraĝa

Onjo Maria en 1939

juda junulo, Abram. La paro bonŝancis antaŭ la nazia invado ricevi universitatajn diplomojn de instruisto. Tamen ekde la unua tago de la invado la edzo estis rekrutigita kiel artileria leŭtenanto, dum onjo Manjo evakuiĝis kune kun la familio de onjo Polina. La edzo heroe batalis ĝis la fino de la milito, ricevis kelkajn gravajn vundojn, multajn ordenojn, kaj iĝis proksima amiko de la fama soveta marŝalo Bagramjan. Abram finis sian militservon kun la rango de kolonelo; liadire, la amiko-marŝalo klopodis atribui al li generalan rangon, sed malhelpis la etna aparteno. La ŝtato avaris pri altaj militistaj rangoj por judoj. Ve – ne nur pri tio! Dum la postmilita ekpersekuto de la judoj en Sovetio miloj da oficiroj juddevenaj estis bruske forpelitaj el la armeo. Ankaŭ la edzo de mia onjo – eĉ la altranga amiko ne sukcesis protekti lin. La kompatinda Abram planis suicidon, sed mia onjo Manjo, la edzino, savis lin. Ili loĝiĝis en la granda urbo Gorkij, repreninta en 1990 la antaŭrevolucian nomon Nijnij Novgorod, kaj ili oficis kiel instruistoj en unu el la urbaj mezlernejoj. Pro postsekvoj de la vundoj Abram forpasis en 1970. Maria transloĝiĝis al Apudmoskvo, en la urbon, kie loĝis Polina kun la familio. La sorto ankaŭ ŝin provizis per longa vivo, ŝi forpasis en la aĝo de 96.

### Beletra paŭzo

...En la urba bazaro, mia panjo sukcesis akiri kontraŭ sia preskaŭ nova ŝafopelto veran trezoron – trilitran vitran vazon da mielo. La mielo devus servi dum la tuta proksimiĝanta vintro kiel kuracilo kontraŭ ĉiuj malsanoj – por mi kaj por mia franjo. La panjo alportis la mielon en nian provizoran loĝejon. Mi ricevis grandan kuleron da tiu rava dolĉaĵo. Ankaŭ mia franjo ricevis la samon. Poste la vazo estis preskaŭ solene instalita sur altan ŝrankon por protekti ĝin kontraŭ nia senpermesa konsumo – tion mi komprenis tuj.

Sekvamatene mia panjo foriris kun mia fratino. La fratino – en la provizoran infanvartejon, kie oni dumtage prizorgis la infanojn de kvin ĝis sep jaroj aĝajn. La panjo – al deviga laboro, al fosado de kontraŭtankaj tranĉeoj ĉe la urborando. Min, trijarulon, la infanvartejo ne povis prizorgi, do mi restadis en la ĉambro kun mia vundita onjo. Tiu kuŝadis surdivane, leviĝante kaj paŝante kun stilzo nur por urĝaj bezonoj, i.a. por nutri min per la manĝaĵo, antaŭpreparita de la panjo.

Mi do ludis, uzante por tio kelkajn bastonetojn kaj mian ŝatatan ursidon sen orelo – ununuran ludilon, kiun mi kunportis el nia hejmo ĉe la evakuo. Fojdefoje mi atente kaj avide rigardis la vitran vazon kun mielo. Verŝajne mi aktive pripensadis, ĉu, grimpinte sur seĝon, trenotan al la ŝranko, mi sukcesos preni la vazon. Mi eĉ komencis moveti la seĝon, zorgante ne fari bruon, ne veki la onjon, kiu ŝajnis dormanta. Tamen la onjo tuj diris:

– Hej, Viĉjo! Eĉ ne provu! La mielon vi ricevos, kiam revenos via panjo!

Mi ekploris kun infana kolero pro la planoj neefektiviĝintaj. Tra abundaj larmojn mi, ŝiadire, tamen respondis:

– Onjo Manjo! Kiam vi mortos, mi tutegale prenos la mieleton kaj formanĝos!

Dudek tri jarojn poste tiu mia diraĵo bone gajigis la gastaron, venintan por festi mian doktoriĝon.

*("Lecionoj por viro")*

\*

Restas do nepriskribita nur unu ido de Moŝko Altman. Eŭgenia, por kiu mi rezervis pli longan priskribon. Mia panjo. La plej juna inter la gefiloj kaj la plej dorlotata. Ŝi, naskita en 1909, finis kun bonaj notoj la lernejajn studojn en Proskurov, poste same bonrezulte diplomiĝis en la laktoindustria teknika lernejo en la urbo Vinnica.

Ŝia unua edzo estis aviisto. Ŝiadire. Dokumentoj mankas, krom la atesto, kiun mi trovis en ŝia arkivo poste. Temas pri legitimilo, kiu konfirmas, ke Eŭgenia Altman, la edzino de pereinta aviisto, rajtas esti evakuita per la unua vagonaro en la komenco de julio, 1941.

Ŝi estis evakuita. Al Fergana, urbo en Uzbekio. Sed antaŭ ol trafi tien, ŝi trafis sub bombojn. La trajno, per kiu ŝi veturis, estis atakita de germanaj aviadiloj. Ĉiuj fuĝis for el la vagonoj en proksiman arbaron, ankaŭ Eŭgenia. Sed ŝi falis, elartikigis piedon kaj ne povis kuri. Bomboj eksplodis ĉirkaŭe, sed bonŝance ne apude. Ŝi timegis kaj kriis. Iu maljuna viro kaptis ŝin kaj fortrenis en la arbaron. Ŝi ne povis tiam imagi, ke tio estas la sorto...

Tri jarojn de sia vivo Eŭgenia Altman pasigis en Fergana. Ŝi laboris konforme al sia fako – en la loka laktotransforma uzino, t.e. ŝi partoprenis en la produktado de kremo, acidkremo, butero, kazeo. Posedante bonan lingvokapablon, ŝi pli-malpli alproprigis la uzbekan lingvon, ankaŭ tio, krom la pli-malpli satiga laborloko, grave helpis ŝian ekzistadon tie. Helpis ankaŭ kelkaj skatoloj kun provizo – ovopulvoro, grio, iaj vestaĵoj –: tion sendis per *Land-lease*[6] iu Harry Altman el Usono akompane de letero en la jida.

Cetere, pri tiu sendaĵo mi eksciis nur post la forpaso de mia panjo, trovinte en ŝia arkivo la leteron kaj la dogandeklaracion kun priskribo de la senditaj provizaĵoj. La panjo, instruita per la antaŭmilitaj stalinaj persekutoj de la civitanoj havantaj parencojn eksterlande, zorgis protekti min. Informiĝinte do, mi decidis skribi al la persono, evidente parenca, kiu helpis la panjon dum ŝia evakua ekzilo. Mi skribis al la adreso de s-ro Harry Altman, indikita en la letero, kun espero ke se ne li mem, do eble liaj posteuloj ricevos mian leteron. Interalie mi emfazis, ke mi bezonas nek financan, nek alian helpon, ke mi celas nur trovi la parencojn kaj danki tiujn. Neniu respondis al mi, kaj mi ne faris pliajn provojn serĉi la kontakton.

Do. En 1944 Eŭgenia Altman revenis al la naskiĝurbo Proskurov, al sia domo. Evidentiĝis tamen ke, kun permeso de la provizora germana administracio, la domon okupis viro, memkompreneble nejuda. Multaj aliaj domoj, same senmastraj pro evakuo de la posedantoj aŭ pro pereo de tiuj en la naziaj koncentrejoj, ne restis neloĝataj – oni permesis enloĝiĝi al la lokanoj kiuj kunlaboris kun la okupaciantoj. Ne havante alian loĝejon, Eŭgenia estis akceptita portempe de la antaŭmilitaj ukrainaj amikoj. En la domo de tiu familio ŝi loĝis dum du monatoj. Poste, la urbon vizitis ŝia frato Izrael, revenanta de la fronto. Informiĝinte pri la situacio, li iris en la gepatran domon kaj minacis la kunlaboranton de la germanoj, ke

6 Leĝo akceptita de la Kongreso de Usono la 11-an de marto 1941, kiu permesis helpi la aliancanojn per armiloj, provizo ktp sen antaŭpago.

se tiu dum unu tago ne liberigos la domon, oni arestos kaj punos lin. La viro fuĝis post du aŭ tri horoj en nekonata direkto, kaj Eŭgenia ricevis propran loĝlokon. Jes, efektive propran, ĉar la onklo kaj du onjoj, tio estas ĉiuj heredantoj, kiuj rajtis pretendi parton de la domo, jure konfirmis rezignon de sia heredaĵo-parto, oferante ĉion al Eŭgenia.

Verdire, la domo ne estis enorma riĉaĵo. Simpla kabano, konstruita el la ordinara loka konstrumaterialo samano, brikoj memfaritaj el argilo, pajlo kaj ĉevala sterko. Sed en la epoko postmilita multaj eĉ tion ne havis.

Tri jaroj pasis, kaj ŝi subite renkontis en la urbo la maljunan viron, kiu savis ŝin en la komenco de la nazia invado. Li plendis, ke lia domo iĝis ruino pro bombado, kaj li vagas, trovante portempan loĝlokon jen en la domo de iuj konatoj, jen ĉe aliaj. Eŭgenia invitis lin loĝi en ŝia kabano, ja estis du apartaj ĉambroj en la dometo. Li havis laborlokon kaj promesis pagi ĉiumonate pro la loĝejo. Ieltiel evoluis la rilatoj inter ili, kaj en 1949 mi aperis en la subĉielan mondon.

De tio ekas nova ĉapitro.

REKLAMO

Sten Johansson
NEŬTRALE
Mondial    ORIGINALA ROMANO

**Sten Johansson: *Neŭtrale***
**Historia romano**
Mondial, 2024. 194 p.
ISBN 9781595694874

**Skandinavio dum la dua mondmilito:**
Svedio deklaris sin neŭtrala lando, dum Norvegio estis okupita de la germana nazia armeo...
La nova romano de Sten Johansson prezentas al la legantoj la aventurojn de tri homoj kun ŝajne sendependaj vivoj: sveda tipografo, norvega vendisto en farbbutiko kaj sveda kelnerino, kiu dum sia junaĝo estis viktimo de perforto fare de familiano. Iliaj vivoj interkruciĝas...

Mendu ĉe UEA, via libroservo, en retaj vendejoj kaj ĉe:

# www.esperantoliteraturo.com

St. Louis, Usono. Foto de *American Street and Interurban Railway Association*.
Fonto: Vikipedio

# Epitalamo
## por Lidia kaj Briano
### *majo 2024*

de Humphrey Tonkin

Epitalamo, laŭ *PIV*, estas "kanto aŭ poemo verkita por nupto". En pluraj kulturoj, inkluzive la tiel nomatan okcidentan, ekzistas longa tradicio de tiaj kantoj kaj poemoj. Kiam junaj gefianĉoj, de mi bone konataj, lastatempe turnis sin al mi per peto, ke mi verku tian poemon por ilia geedziĝa festo, mi nature kaptis la defion. Jen la humila kaj amatoreca rezulto, kiu aludas al grekaj kaj latinaj ekzemploj, ekzemploj el la ĉina tradicio, el la rusa kaj el la angla.

*La aŭtoro*

Lidja kaj Briano karaj,
jen alvenis vi hodiaŭ
por diri al pasint' adiaŭ
kaj iri nun laŭ padoj paraj.

Poetoj multaj tra jarcentoj
strofis per saĝo kaj malsaĝo
pri fino de la infanaĝo
pri novaj spertoj, novaj sentoj.

Hodiaŭ nun ni faru samon,
prikantu jen la nupton novan:
la junan forton ĉiopovan,
esperon kaj apogan amon.

En ĉiu angulo de la mondo
nuptoj elvokas tiajn sentojn,
paroj rimarkas novajn ventojn;
deklamas poetoj en tia rondo.

Spenser, poeto de la am',
festis amon per nupta kanto,
angle, ne en Esperanto,
dufoje eĉ, je sia fam':

"Trankvile fluu la rivero
ĝis strofojn dudekkvar mi kreas,
tutan jaron jubileas
prepare al la festafero."

"Altigu la trabojn, ĉarpentist',"
Sapfo kriis inspirita,
greklingve vokis al Afrodita,
enviis la edzon kun insist'.

"Feliĉa edzo," ŝi ekkriis,
"Hespero portas la deziron
al tiuj kiuj tagdisiron
nur portempa bone sciis…

Ŝaf' al la ŝafar' revenas,
bird' al nest', ido al patrino.
Tiel estu je tagofino.
Hespero jen geedzojn benas."

Birdojn laŭdis Aristofano,
alvokis Himenon al la festo,
Zeŭson kaj Hera, kun la resto,
en granda dia akompano.

Katullo per plena instrukci'
latine klarigis al la paro
vojon al multa infanaro...
kvazaŭ al ili mankis sci'.

Kompatinda Liu Hsi-chun
al Mongolio ekzilita
trovis la edzon ne ekscita,
la nupton sekve kvazaŭ pun'.

Alia ĉina junedzin'
sopiris al la edzo fora,
deziris lin per mov' langvora,
silkon tenis al la sin'.

Rusoj konsilas ne elprovi
la fruktarbaron de l' najbaro,
sed brave paŝi al steparo
por tie fortan falkon trovi.

Ĉiu angulo de la mondo
versiojn havas de ĉi festo,
serĉas feliĉon en ĉeesto
de l' famili' kaj amika rondo.

Al Sidney fine ni alvenu:
"L' amat' posedas mian koron
kaj mi la lian." Ĉi memoron
en ambaŭ viaj koroj tenu.

Kaj tiel, Lidja kaj Briano,
beniĝu vi en lingvo monda:
ĝojkantas ni en voĉ' responda:
"Ligiĝu man' en ama mano."

Christchurch, Novzelando. Fonto: Vikipedio

TRADUKITA PROZO

# Vivo

de Roberto Pérez-Franco
(el la hispana tradukis Norberto Díaz Guevara kaj la aŭtoro)[1]

al mia patro

*"Ĉiu vivo estas eksperimento."*
Ralph Waldo EMERSON

La knabo silentas. Lia rigardo zorge iras, preter la herbejoj, al la proksima bordo de la rivero. La akvo, pura kaj malprofunda, malrapide glitas sur la ŝtonoj kovritaj de verda ŝlimo. Nedistingebla disde tiu fono, ripozigante sian korpegon, kuŝas la enorma kaj majesta bufo. Ĝi ne videblas al ordinara okulo, sed evidentas por Hektoro, majstro pri la observado de bufoj, ranoj, igvanoj kaj testudoj.

Li iras kvarpiede, kun la genuoj enpuŝitaj en la koton, kaj pensas kiom liaj samklasanoj envios lin, se li sukcesos kapti tiun belan specimenon. "Kiel granda kaj malbela bufego!", ili diros. Li fiere promenos, portante en la manoj la grandan reĝon de la marĉo. Ankoraŭ unu paŝon pli, kaj la bufo estos atingebla per salto. Veronika rigardos lin fascinite, kun naŭzo al la bufo kaj admiro al li. "Kiel aĉan bufon vi kunportis, Hektoro!", ŝi diros. Kaj la dolĉeco de ŝia voĉo igos tiun riproĉon soni kiel intima laŭdo. Li sentas ĝin jam proksima, preskaŭ jam... preskaŭ... Nun! La knabo saltas kiel kato, kun la manoj etenditaj al la bufo, kaj falas vizaĝ-al-tere sur la verdajn ŝtonojn kaj la freŝan akvon, kiu ŝprucas je mil brilantaj gutoj sub la tagmeza suno. La bufo restas kaptita, sendefenda en la zorgemaj manetoj.

1   Verkita en 1998, la rakonto estis ilustrita de la argentina artisto Margarita Cubino por libro eldonita en Panamo en 2022. Dua eldono en 2024 aperis en la originala hispana kaj en serio da tradukoj, inkluzive de angla, germana, slovena kaj Esperanta. La Esperantan tradukon, kiu aperas ĉi tie, preparis Norberto Díaz Guevara kaj la aŭtoro, kaj reviziis Jorge Rafael Nogueras, Erin Piateski kaj István Ertl. Ĝi funkciis kiel bazo por traduko al la estona fare de István Ertl kaj Liina Vahtrik, publikigita kiel libro en 2025.

Tramalseka kaj dolorigita, li stariĝas. Li kontente levas la bufon kaj longe rigardas la movetojn de ĝiaj kruroj en la aero. Li miras pri ĝia kolosa grandeco. Tutcerte lin envios la tuta klaso. Eĉ pli: lin envios ĉiuj en la lernejo. Kia bonŝanco kapti ĝin! La tutan matenon – ekde la momento, je la fino de la leciono pri sciencoj, kiam instruistino Angelika diris, ke ĉiuj devos kunporti bufon la sekvan tagon – la maltrankvila knabo pensis nur pri tiu grandega kaj bela bufo, kiun li multfoje vidis naĝi, salti, kapti moskitojn... nu! Li bone konas ĝin. Li konas ĉiun makulon sur ĝia korpo, ĉiun falton. Li konas ĝiajn kutimojn. Kaŝita inter arbetoj, li delektiĝis per la kontemplado de la ludanta bufo en la rivero. Ĝi estas preskaŭ amiko por li en la libertempaj vesperoj. Kaj nun li havos la ŝancon montri ĝin al Veronika kiel trofeon.

"Vi vidos kiel bela ŝi estas! Ŝi similas etan anĝelon", flustras la eta Hektoro ĉe la malseka kapeto de la bufo, kiu reagas nur per rapida kaj tima palpebrumado.

Kun granda zorgo, li metas la beston en plastan sakon, kaj ekrajdas sian malnovan biciklon, kiu akre grincas laŭlonge de la tervojo kvazaŭ vundita apro, ĝis la alveno al adoba domo staranta meze de la paŝtejo.

TRADUKITA PROZO

Hektoro venas frue en la lernejon tiun tagon, antaŭ ol ĉiuj aliaj. "Veku min frue, panjo, ĉar mi volas alveni kiel la unua!", li diris la antaŭan nokton, dum li metis la bufon enen de malnova traktora pneŭo tranĉita je la mezo kaj plena de akvo, ĉe kiu kutime trinkis la kokinoj dum la helaj taghoroj. La knabeto saltis el la lito. Li rapide banis sin, en la kruda banejo sentegmenta, dum la steloj brilis super lia kapo. Li matenmanĝis – taseton da kafo, duonon de freŝmaiza tortiljo –, lavetis la buŝon, kaj gaje ekbiciklis, kiam la suno estis apenaŭ anoncanta sian alvenon per brileto super la malproksimaj montetoj.

Hektoro atendas ĉe la pordo de la klasĉambro, kun sia bufo metita en la plasta sako, kaj li de tempo al tempo malsekigas ĝin, por ke ĝi sentu sin komforte. La bufo baraktas en la sako, malkvieta pro la brua aktiveco. Unu post la alia alvenas la samklasanoj, kaj al ĉiu li montras sian imponan bufon.

"Vidu mian bufeton!", li krias al ĉiu alveninto.

Ĉiufoje la reago estas la sama: esprimo de surprizo, maldeca ekkrio kaj la nepra tuja peto:

"Lasu min vidi ĝin; lasu min preni ĝin! Ho, Hektoro!"

Kaj Hektoro rifuzas tion fari, kun ĝeno kaj egoismo, mastro de la situacio kaj ĝoja pro la envio kaj la granda tumulto. Ĉirkaŭ li kaj lia bufo amasiĝas infanoj en uniformo. Alveninte, instruistino Angelika scivole alproksimiĝas al la infana rondo. Kaj post la komenca ektimo, ŝi gratulas la sorisantan[2] Hektoron pro la grandioza trovaĵo.

"Ĝi estas iom maljuna, Hektoro, sed ĝi utilos", ŝi diras karesante al li la malkombitan kapeton.

La knabo, plena de fiero, kapjesas. La instruistino malfermas la pordon. La infanoj eniras, kaj ili eksidas.

"Metu vian bufon sur la tablon, infanoj."

Hihiado aŭdeblas tra la klasĉambro. La bufoj aperas el poŝoj, sakoj, vitraj ujoj, kaj ili estas metataj sur la lignajn tablojn. Tiuj infanoj, kiuj ne havas bufon – eble ĉar ili trovis neniun aŭ pro naŭzo ne kaptis iun – moviĝas al la tablo de samklasano. Veronika ne

---

2  **soris/i**: neologismo proponita de la aŭtoro por tiu ago, kiun oni nomas hispane *sonreír*, angle *to smile*, germane *lächeln*, france *sourire* ktp. La aŭtoro pensas, ke *rideti* ne estas klara maniero esprimi tion. Plia informo surrete: roberto.au/sorisi

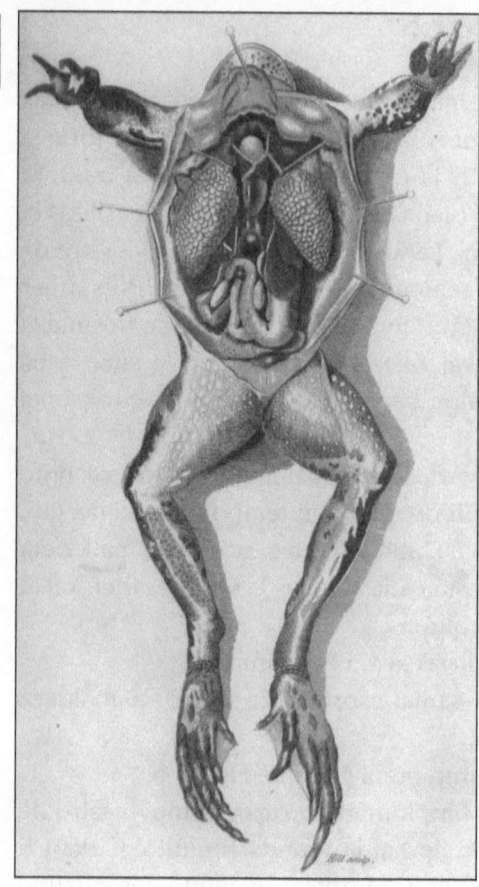

havas. Hektoro rimarkas tion kaj, per tenera gesto, invitas ŝin alproksimiĝi al lia tablo. La knabino stariĝas, sorisas kaj sidiĝas apud la reĝo de la marĉo, la grandega bufo, kiu rigardas ilin time, ŝveligante kaj malŝveligante la haŭton, kiu pendas de la blanketa kolo. Instruistino Angelika stariĝas, kaj parolas.

"Infanoj, hodiaŭ ni lernos pri bi-o-lo-gi-o. Biologio estas la studado de la vivo. Bio, vivo. Logio, studado. Biologio. La studado de la vivo. Hodiaŭ ni studos la vivon."

Hektoro gape aŭskultas. Kaj li klopodas kompreni la vortojn de la instruistino, kiuj ŝajnas al li grandaj kaj saĝaj. Li ĝojas, ke la leciono temos pri io, kion li bone konas: la Vivo. Li multon scias pri la Vivo. Li jam perceptis ĝin tre proksime, ho, jes! Li observis ĝin en la rivero, en formo de etaj arĝentkoloraj fiŝoj. Li palpis ĝin sur la verda felo de subakvaj ŝtonoj. Li sentis ĝin flirti sur la flugiloj de ludemaj libeloj, kiuj ŝvebis super la akvo. Li vidis ĝin fortimigitan ĉe survojaj perdrikoj, kiuj ekflugis ekaŭdinte liajn leĝerajn paŝojn. Li flaris ĝian aromon per la milda parfumo de la kamparaj floroj. Li frandis ĝian guston en la flava nektaro de matura mango. Li admiris ĝiajn kolorojn en la flugiloj de papilioj. Kaj ĝian batadon en la kolo de sia amiko la bufo, kiu ŝveliĝas kaj malŝveliĝas kiel la akordiono de la maljuna Ĉenĉo dum la nokto-festoj en la vilaĝo. La Vivo... ĉu ne estas la Vivo, kio humidigas per roso la paŝtejon en la matenoj, kiam li trairas ĝin bicikle? Ĉu ne estas la Vivo, kio flamas sur lia haŭto, kiam la suno varmigas liajn ludojn en la rivero? Ĉu ne estas la Vivo, kio ŝtopas lian gorĝon, kiam Veronika rigardas lin? Tio devas esti. Jes. Pri tio parolos instruistino Angelika. Pri la Vivo...

"Pro tio mi petis al vi kunporti bufon, junan bufon. Ĉu ĉiuj kunportis?" La 'jeso' de Hektoro kuniĝas al la lavango de 'jesoj', kiu falas sur la instruistinon. Sed li krias tiom laŭte, ke lia voĉo malsukcesas en la fino kaj iĝas longa kriĉo, kiu igas Veronikan longe ridi. Hektoro ruĝiĝas pro honto!

"Tion mi vidas, tion mi vidas. Gratulojn. Tre bone. Hektoro, via bufo estas iom pli granda kaj maljuna. Tio povos malfaciligi la taskon. Ĉu vi memoras, ke mi diris, ke la bufo devas esti juna?"

Hektoro denove ruĝiĝas. Ke la instruistino riproĉas lin antaŭ la klaso, ĉefe antaŭ la knabino, hontigas lin. Ne temis pri forgeso. Li havis gravajn kialojn por elekti tiun bufon anstataŭ iun junan. Unue, tiu bufo ne estas iu ajna bufo: ĝi estas la reĝo de la marĉo, la plej granda kaj bela bufo en la tuta mondo. Due, li bone konas tiun bufon, tiel bone kiel oni konas amikon, kaj li scias, ke ĝi ne seniluziigos lin: ĉu kurante, ĉu naĝante, ĝi estos la venkinto. Kaj trie, ĝi estas miranda bufo, ĉi tie kaj ĉie! Neniu juna bufeto povos venki ĝin. Valoras la penon elteni la riproĉon de la instruistino. Ajnokaze, tiel lia bufo vidos la lernejon, kien li iras ĉiutage. La pasintan vesperon, dum la bufo naĝis en la traktora pneŭo, Hektoro planis promenigi la bufon tra la tuta lernejo post la leciono pri sciencoj, kun la duobla celo veki la envion de la plej multaj personoj kaj montri al sia amika bufo ĉiujn sekretajn angulojn de la konstruaĵo. Ekzemple, la ĉambron kie oni stokas la laborilojn, kie en pasinta tago li trovis grizan museton. Aŭ la muron, sur kiun li ruĝkrajone skribis la nomon de Veronika ene de desegnita koro. Aŭ ankaŭ la...

"Kion ni faros hodiaŭ, infanoj, estas dissekci amfibion, ĉi-okaze bufon, por studi ĝiajn internajn organon. Jen, Hektoro. Ni komencos per via bufo. Ĉar ĝi estas maljuna, malfacilus al vi sencerbigi ĝin sola. Lasu min fari tion."

Hektoro, kiu mense promenadis kun sia bufo tra la koridoroj de la lernejo, reagas iom malfrue. Li ne aŭskultis la instruistinon.

"Kion vi diras, instruistino?", demandas Hektoro, kun honto.

"Mi diras, ke ni sekcos unue vian bufon. Jen, kunportu ĝin ĉi tien..."

"Ĉu ni sekcos ĝin? Instruistino, se ĝi estos seka, ĝi mortos. Mi vidis bufojn sur ŝtonoj apud la rivero, sekajn kiel ledopeco."

"Ni ne sekigos ĝin, Hektoro. Mi diris, ke ni dis-sek-cos ĝin", klarigas la instruistino.

La knabo, ne kompreninte la diferencon, obeas pro kutimo. Li stariĝas, prenas sian bufon – kiu momente rigardas Veronikan per siaj olivverdaj okuloj – kaj iras ĝis la pupitro de la instruistino.

"Do, ni komencu...", flustras instruistino Angelika. "Restu proksime, Hektoro, por ke vi lernu, kiel fari tion. Atentu, infanoj. Unue oni prenas ĉi tiun pikilon, kaj penetrigas ĝin en la mjelon de la bufo."

La knabo, ekvidinte la grandegan pikilon brili inter la delikataj fingroj de la virino, intuas danĝeron, sed tenas sin pro respekto. Eble ne temas pri tio, kion li pensas. Estas pli bone atendi. Instruistino Angelika estas bona. Ŝi ne vundos lian bufon.

"Ĉiuj venu ĉi tien, pli bone. Alproksimiĝu, infanoj. Faru rondon ĉirkaŭ mi. Trankvile, trankvile! Bone. Unue, kiel mi diris, ni firme prenas la pikilon kaj tenas ĝin ĉi tien, ĝuste ĉi tien sur la kolo de la bufo, por forte penetrigi ĝin. Sekve, ni metos ĝin tra la vertebra kanalo kaj krak!, ni turnos ĝin unuflanke kaj aliflanke, por rompi la spinon kaj dispartigi la mjelon. Tiam ni prenos la bufon kaj renversos ĝin", diras la instruistino, prenante la bufon kaj turnante ĝin, "por ĝin malfermi, per ĉi tiu skalpelo, kaj studi la digestan sistemon, la sangocirkulan sistemon, kaj la spiran sistemon... do, ĉiujn sistemojn. Mi kunportis kelkajn bildojn por vi..."

La instruistino lasas la bufon renversitan, kaj prenas grandajn paperrulaĵojn, kiujn ŝi antaŭe lasis sur la planko. Hektoro sekvas ŝin per la rigardo, kun granda timo. Liaj grandaj okuloj ankoraŭ pli grandiĝas vidante la bildon, kiun la instruistino fiksas sur la tabulon per glubendo, kiu montras dissekcitan bufon, krucumitan per pingloj, kaj kies intestoj klare videblas.

"Nun ni mem faros tion. Rigardu ĉi tien, ĉar la bildo ne foriros. Atentu, ĉar poste estos via vico fari tion solaj, kaj mi ne helpos vin. Ĉu bone? Jen... la bufo de Hektoro."

"Instruistino!", krias Hektoro, kun larmoj en la okuloj. "Kion vi faros al mia bufo?"

"Kio okazas al vi, infano? Kial vi ploras?", ŝi demandas, iom surprizita. "Mi jam diris, ke mi dissekcos ĝin, por ĝin studi kun vi."

"Sed ne... mi... mi ne volas. Vi diris, ke ni studos la vivon, sed ne, ke ni mortigos mian bufon."

"Estas la sama afero. Por studi la amfibiojn ni devas mortigi kelkajn, por ebligi al ni vidi iliajn organojn."

"Ne... mi kunportis ĝin ne por tio... vi mensogis al mi!", riproĉas la ploranta knabo, kaj samtempe forprenas la grandan bufon el la manoj de la instruistino. "Vi diris, ke ni studos la vivon, ne la morton..."

Hektoro kuras ekster la klasĉambron kaj fuĝas rapide per sia biciklo. Malantaŭe restas la instruistino, vokante lin laŭte.

\* \* \*

La akvo fluas serene, senhaste, en la rivero. La ŝaŭmo desegnas arabeskojn en la akvokirloj. La libeloj dancas sur la herbaĵoj. Flavbrusta birdo saltas inter la branĉoj de floranta arbo. Kaj kuŝante ĉe la piedo de la arbo, Hektoro kontemplas la ludadon de la birdeto. Li ekaŭdas branĉon rompiĝi kaj alrigardas: jen Veronika. Ŝi salutas lin kaj ekkuŝas apud li.

"Ĉu vi ankoraŭ havas la bufon?"

Hektoro montras ĝin al ŝi, kaptitan en liaj malfortaj manoj.

"La instruistino serĉas vin. Ŝi markis vin kiel 'fuĝinton' kaj diras, ke ŝi parolos kun via patrino."

La knabo levas la ŝultrojn kaj diras: "Tio ne gravas al mi." Kaj ridante aldonas: "Morgaŭ ŝi ne plu memoros."

"Ĉu vi konservos la bufon?"

"Ne. Tiu ĉi estas ĝia hejmo. Mi liberigos ĝin nun en la rivero... kie mi kaptis ĝin. Venu kun mi."

Ili paŝas al la rivero.

"Oni mortigis ĉiujn aliajn bufojn", rakontas la knabino kun gesto de malplaĉo. "Estis ĉirkaŭ dudek. Puaf! Kia naŭzo..."

Hektoro mallevas la kapon kaj silentas kelkajn minutojn. La knabino metas sian montrofingron sub lian falintan mentonon, igas lin levi la rigardon, kaj kisas lin. Sekve ili ambaŭ rid-eksplodas. La knabo levas la bufon kaj movas ĝian krureton por adiaŭi la knabinon. La infanino adiaŭas mangeste. La bufo, je la unua tuŝo de la akvo, komencas movi siajn krurojn furioze, kaj foriras per rapida naĝo. La du infanoj longe rigardas ĝin, ĝis ĝi malaperas en la konfuza fundo de la marĉo. Ili plu rigardas, silente, la verdan nenion, tra kiu ĝi malaperis.

"Ĉu vi ŝatus, ke mi montru al vi la Vivon, Veronika?", demandas Hektoro.

"Kompreneble! Ĉu vi povas?", ŝi diras, per dolĉa voĉo.

Li kapjesas. Li prenas ŝian manon kaj piediras kun ŝi ĝis proksimaj floretoj, kie kelkaj flavaj papilioj flirtas maltrankvilaj. Maltrankvilaj kiel la koro de Hektoro, kiu kunportas la Vivon ŝtopanta la gorĝon.

1998

# Tiu, kiu vin varmigas *en la nokto*

de Serhij Ĵadan
(el la ukraina tradukis Kalle Kniivilä)

*Serhij Ĵadan en 2022. Fonto: Vikipedio*

Serhij Ĵadan estas unu el la plej konataj kaj ŝatataj nuntempaj ukrainaj aŭtoroj. Li naskiĝis en 1974 en ukrainlingva familio en la ĉefe ruslingva orientukraina urbo Starobilsk, kiu ekde marto 2022 estas okupata de Rusio. Li doktoriĝis en la universitato de Ĥarkivo, kaj poste tie instruis ukrainan kaj tutmondan literaturon.

Li verkas prozon kaj poezion, kaj krome ekde 2007 kunlaboras kun Ĥarkiva rokgrupo, origine nomita *Sobaki v kosmosi* (Hundoj en la spaco), nun konata kiel *Ĵadan i sobaki* (Ĵadan kaj la hundoj). Post la komenciĝo de la grandskala milito en 2022 Ĵadan intense aktivas en la defendo de Ukrainio.

La romano *Internat* de Ĵadan estis inter la unuaj libroj, kiujn mi legis en la ukraina lingvo, kaj ĝi forte impresis min. Ĝi temas pri la unua fazo de la milito el la vidpunkto de ordinara homo, instruisto de la ukraina lingvo en orienta Ukrainio. La protagonisto transiras la frontlinion por savi sian nevon.

Multaj verkoj de Ĵadan estas jam tradukitaj al diversaj lingvoj, sed ankoraŭ ne la noveloj kluj aperis en 2024 en la kolekto *Arabeski*. Ĉi tiuj mallongaj rakontoj el diversaj vidpunktoj prilumas la ĉiutagan vivon en la ombro de la nova, granda milito, proksime al la frontlinio. Unu el la tiuj rakontoj estas la jena, por kies traduko kaj publikigo en Esperanto la aŭtoro afable donis sian permeson.

– *La trad.*

La hotelo al li ne plaĉis. Etaĝo en loĝdomo kun malvarmaj ĉambroj. Akceptejo sube, en la teretaĝo, la virinoj tie nebonvenigaj. Aliflanke virinoj ĉiam estas nebonvenigaj al li, li devus jam kutimi pri tio. Ili suspekteme rigardis lin, precipe kiam li elprenis la monujon kaj longe fosis en ĝi. Eĉ ŝi ne eltenis: ĉu aldoni? Iom akre li rifuzis, diris ke li zorgos. Ŝi hm-hm-is, paŝis flanken, li pagis, prenis la ŝlosilon, ili ekis supren. Irante supren ili silentis, estis embarase, tial ili klopodis paŝi rapide, ili kuris laŭ la ŝtuparo kvazaŭ fuĝante de io.

Ŝi atingis la hotelon pli frue, intence, por senti sin pli certa: estas ŝia ideo, ŝi renkontas lin, ŝi diros kiel la aferoj statas. Kiam li la antaŭan tagon, en la mesaĝoj, proponis, ke ili renkontiĝu en la ĉambro, ŝi kontraŭdiris: ni renkontiĝu ekstere, apud la hotelo, ŝi skribis, aliokaze estus iel dusence. Vi ja ne hontas? ŝi demandis. Li kompreneble konsentis, diris ke li ne havas kialon honti, simple li volis ke estu oportune, poste li komencis pravigi sin, kaj jen ambaŭ longe silentis, la korespondo ĉesis. Nun ŝi sekvis lin kaj sentis kiel li nervozas, ŝi aŭskultis, kiel li grimpante laŭ la ŝtuparo klopodas regi sian spiradon, por ke ŝi neniel pensu, ke estas peze al li. Kaj ŝi mem postrestis, kvankam ŝi lasis la pezajn militistajn botetojn en la kvartiro kaj surmetis ordinarajn sportŝuojn. Tamen estas peze, neoportune, sensence. Li estas preskaŭ tridekjara, kun kurte tonditaj haroj, nerazita barbo, nigra sportjaketo kiu pendas sur li: eble li petis ĉe iu el la siaj ion civilan, anstataŭ la uniformo. Ŝi estas alta, frapa, kun mallongaj haroj – jam delonge farbitaj, sed tamen atentokaptaj.

La ĉambro estis granda kaj iel malplena. Kvazaŭ parto el la mebloj estis forportita, ĉar neniu uzis ilin. Flanke staris sofo, antaŭ ĝi tableto. Li plu penis por konduti nature, tio ĝenis ŝin kaj ŝajne ankaŭ lin, sed ŝi ne malhelpis: li faru, kiel estas plej oportune al li. Li prenis el la dorsosako vinbotelon kaj metis ĝin sur la tablon. Ili staris kaj rigardis la botelon, ne sciante, kion diri.

– La vino eble estas malbona, li fine diris. – Pli bona ne haveblis.

– Ne gravas, ŝi trankviligis lin.

– Ĉu ni trinku? li demandis.

– Mi ne drinkas.

– Kial do?

– Pro medikamentoj.

– Ĉu io serioza?

– Jes, ŝi ekridis. – La psiko. Mi ŝercas. Nenio serioza, simple trankviligaj tablojdoj. Mi ĉiam forgesas preni ilin. Do la vinon vi trinku mem.

Ŝi prenis el la poŝo la pakaĵon kun la tablojdoj kaj metis ĝin sur la apudlitan tableton. Ŝi iom pripensis, elprenis ankaŭ pakaĵon de kondomoj, kaj metis ĝin apuden.

Li ekridis, same elprenis tablojdojn kaj metis sur la tableton aliflanke de la lito.

– Dormigaj. Mi lastatempe preskaŭ ne dormas.

– Evidente estos gaja nokto, ŝi respondis.

- Ni vidu. Sed vinon mi ne trinkas. Tute ne.
- Kial vi do portis ĝin?
- Nu, mi pensis ke oni tiel faras.
- Aŭskultu - ŝi aliris kaj prenis lian manon. - Ni ne pensu pri tio, kiel oni faras. Estu kiel estos. Mi iros duŝi min, vi almenaŭ forprenu viajn ŝuojn. Aliokaze estas kiel en stacidomo, vere.
- Bone, li diris, kaj altiris ŝin proksimen. Ŝi ne rezistis, ŝi premis sian nazon al lia kolo kaj li surprizite senmoviĝis. Starinte tiel dum momento, ŝi lasis lian manon kaj iris al la duŝejo.

Li forprenis la botetojn, falis sur la liton, prenis la telefonon, malfermis la novaĵojn, vidis filmeton kun bruligitaj militaj veturiloj, kaj fine trankviliĝis.

Ferminte la pordon ŝi fortiris siajn vestaĵojn, paŝis trans ili kvazaŭ trans fremdaj aĵoj, kaj aliris la spegulon. Ŝi komprenis, ke ŝi delonge ne vidis sian korpon. Ili ja havas duŝon en la kvartiro, sed mankis bona spegulo, en kiu eblus vidi sin tutan. Ŝi jam forgesis, kiam laste okazis ke ŝi tiel staris kaj rigardis sian spegulbildon. Eble hejme, kiam ŝi alveturis por kelkaj tagoj. Lastfoje ŝi alvenis meze de la nokto, antaŭ monato. Silente, por neniun veki, ŝi englitis la duŝejon, ĵetis la uniformon inter la lavajojn, aŭtomatece stariĝis sub la varma akvo, staris longe kaj subite rimarkis, ke ŝi staras kun fermitaj okuloj - por nenion vidi, por ne vidi ĉi tiujn varmajn bantukojn, la rozkoloran banmantelon, la kremojn, ŝampuojn, spongojn. Ŝi simple ne kapablis rigardi ĉion ĉi. Ŝi malŝaltis la akvon, kolere sekigis sin per tuko kaj iris dormi sur la sofo en la kuirejo, kie neniu estis.

Nun ŝi staris ĉi tie, en la hotela duŝejo, malseka en la frido, en fremda apudfronta urbo, kiun ŝi ne povis elteni, antaŭ spegulo, kaj ne povis kompreni, kio tiel iritas ŝin. Jes, la ĉambro estas malvarma, aĉe purigita, kun makuloj sur la tapiŝo kaj kun elŝirita elektra kontaktingo en la antaŭĉambro. Jes, ĉi tiu vetero - kiam la suno estas kvazaŭ porciumita, kiam ĝi malmultas kvazaŭ iu avarus pri ĝi, kiam ĉio estas griza kaj travidebla, kaj en ĉi tiu travideblo mankas ĉio, al kio la okulo povus fiksiĝi. Kaj ĉi tiu viro, kiu nervozas kaj kondutas neadekvate, kaj ŝi mem jam komencas bedaŭri kaj pensi, ke ĉio ĉi estas neĝusta kaj neĝustatempa: la konatiĝo en la benzinejo, en la urbo, al kiu ŝi rapide veturis survoje el la hospitalo al la kvartiro, kaj lia iel senespera provo ekparoli kun ŝi, kaj ke ŝi respondis kaj eĉ diris sian nomon. Kaj kiel li trovis ŝin en la reto, skribis, memorigis pri si, ĉiam pli memfide, trankvile, kaj tio, kiel ŝi, neatendite al si mem, reagis al tiu memfido kaj respondis. Kaj ilia korespondo, kiu tuj transiris la limojn de neamuzaj ŝercoj kaj libervola modero. Kaj tio, ke ŝi sufiĉe rapide, laŭ sia propra opinio (en la kvina tago, en la kvina diabla tago!) konsentis renkonti lin, petis liberigon ĉe la komandanto, planis ĉion, eniris ĉi tiun malbenitan hotelon (kaj estis nur du en ĉi tiu urbo, en la alia ŝi absolute ne volis tranokti), ŝi decidiĝis, ŝi alvenis. Sed ne tio ŝin iritis. Kio do? Ŝi refoje rigardis en la spegulon. Laca korpo, pala haŭto, iel malorda, sendefenda aspekto. Jen ĉi tiu senordo ŝin iritas. Ŝi volis esti forta kaj memcerta, ŝi ne volis elvoki kompaton kaj kunsenton. Sed tra la haŭto tamen radiis konfuzo kaj maltrankvilo, kaj ne eblis ilin kaŝi. Kaj krome la cikatro – tie, kie la klaviklo estis rompita – ŝajne profundiĝis kaj malheliĝis, kvazaŭ pado tra malfrua neĝo. Tra neĝo, kiu jam devis degeli, sed ne degelis, kiu persistis en la printempa vetero, memorigis pri si, pri la pasinteco, en kiu ĉio estis rompita kaj disbatita, kie jam nenio devis resti, sed tamen restis io kaj memorigis pri si per la jena malhela linio sur la haŭto. Ŝi lastfoje ĵetis rigardon al la spegulo, volvis sin en la tukon kaj iris al li.

Li vidis ŝin, ekleviĝis kaj volis ion diri, sed ŝi ne lasis, ŝi malŝaltis la lumon, kuŝiĝis en la lito kaj brakumis lin. Ili kuŝis kaj longe interkisiĝis, iel indiferente, kvazaŭ naĝante laŭ la fluo, ne farante troajn movojn, nenien rapidante, sekvante la akvon de la rivero kaj sentante, ke aliflanke de la fenestro ĉiam pli profundiĝas la frua printempa krepusko. Sed kiam li provis disvolvi ŝian bantukon, ŝi haltigis lin kaj petis: ne rapidu. Li turniĝis sur la kusenon kaj eksilentis. Ili kuŝis en la mallumo, rigardis la plafonon, silentis.

Kaj poste ŝi ekparolis. Ŝi rakontis, ke pli frue, jam antaŭ ĉio ĉi, ŝi estis ĉi tie kelkfoje. Nu, en ĉi tiu urbo. Ŝi finis la akademion en Ĥarkivo kaj laboris en entrepreno kiel juna juristo. La firmao havis aferojn ĉi tie, en unu el la grandaj fabrikoj, tial la ĉefo daŭre veturadis ĉi tien por intertraktadoj. Kaj kunportis ŝin: apud ŝi li sentis sin pli memfida kaj aspektis pli sukcesa. Almenaŭ tiel ŝajnis al li. Jen, kaj krome li estis enamiĝinta al ŝi. Sed li tenis la distancon, turmentis sin kaj faris stultaĵojn. Kaj kiam ili denove fine sukcesis subskribi kontrakton kun la fabriko, la ĉefo estis decida kaj kolera, ridis, drinkis kun la kolegoj, en la vespero direktis ŝin al sia ĉambro, diris ke ŝi ne bezonas propran, ke ŝi restos ĉe li. Kaj ili eĉ ne kverelis – ŝi komencis ŝerci, direktis la interparolon al io alia, li tuj rimarkis tion kaj iel perdis la firmecon, falis sur la liton, ŝi malŝaltis la lumon kaj silente eliris. Ŝi en la akceptejo havigis al si propran ĉambron, ŝlosis la pordon, senvestiĝis kaj tuj ekdormis. Kaj en la mateno ŝi kun la estro reveturis hejmen, kvazaŭ nenio okazis.

– Mi ne povas elteni ĉi tiun urbon – en la mallumo ŝi trovis lian manon. – Se iu dirus, ke post dek jaroj necesos reveni ĉi tien, mi ne kredus. Kaj hotelojn mi same ne eltenas.

Li pensis, ke neniu tiel parolis al li pri si. Virinoj ĉefe aŭ plendis pri io, aŭ kverelis kun li. Sed jen ia trankvila rakonto, eble ne ege saĝa, sed sen ajna histerio. Do, ankaŭ tiel oni povas paroli pri si mem. Kaj ĝenerale, fine li povis trankviliĝi, kvankam li daŭre suferis pro tiu afero kun la vino. Sed estos en ordo, li pensis. Estos kiel estos. Kaj jen eklumis ŝia telefono.

La sonon ŝi ĝustatempe malŝaltis, por ke neniu ĝenu. Sed al la lumo ŝi reagis. Kontraŭvole ŝi prenis la telefonon, rigardis la ekranon, kaj tuj streĉiĝis. Provis formovi sian manon.

– Kio estas? li same streĉiĝis.

– Lasu, ŝi diris nervoze, formovis la manon, sidiĝis.

. – Ĉu okazis io?

– Ĉio estas en ordo. Necesos retelefoni.

– Al kiu?

– Neniu problemo, ŝi ripetis, kaj iris en la duŝejon.

Li aŭdis, kiel ŝi enfermis sin. Longe kaj silente interparolis kun iu. Li koleriĝis. Kio diabla? li pensis. Eblus ja simple diri, kiu estas. Kion mi entute faras ĉi tie? Por kio ĉio ĉi? Mi povus trankvile sidi kun miaj homoj, en la sekcio estas amaso da laboro, la komandanto de la bataliono ne volis doni al mi forpermeson, morgaŭ li min skoldos kaj diros ke mi neglektis ĉiujn. Pli bone prepariĝi nun kaj ekveturi. Sed li memoris, pri kio ili korespondis, kion ŝi skribis al li, kiel serioze ŝi demandis pri li. Li pensis, ke apenaŭ iu tiel interesiĝis pri li, precipe ne la lastajn kvin jarojn, post la disiĝo. Kaj krome li memoris ŝian cikatron, pri kiu ŝi ŝajne hontis. Li memoris, kaj decidis resti.

Ŝi revenis, kuŝiĝis apude, trovis lian manon. Li forprenis sian manon, kuŝis, silentis.

– Pardonu, ŝi fine diris. – La filineto telefonis. Ŝi loĝas kun miaj gepatroj, ili kverelis matene, necesis trankviligi.

– Ĉio estas en ordo, li denove tiris ŝin al si.

Tiam ŝi diris:

– Aŭskultu, eble ni dormu? Kiam ni denove havos tian ŝancon?

– Bone, li iel tuj konsentis.

Li endormiĝis la unua. Ŝi baldaŭ post li. Siajn tablojdojn li ne prenis. Ankaŭ ŝi ne.

# La foriro de Helgi Sallo[1]

de Mati Unt[2]

(el la estona tradukis István Ertl)

Helgi Sallo[3] staris meze de la studio. Malantaŭ ŝi estis hele blanka cirklo sur nigra fono, kaj antaŭ ŝi, eta orkestro. En la studio iĝis silente, nur tra la kapaŭskultiloj de la kameraistoj aŭdiĝis softa zumo de babilado. Unu el la tri kameraoj, kun ruĝa lumo fronte, direktis sin trankvile al Helgi Sallo. En tiu momento, ŝia vizaĝo estis jam sur la ekrano de la monitoro, la reĝisoro tenis la manon sur la butonoj, estis jam elsendata la titolbildo de la programo Horoskopo[4], kaj la direktoro pretis ĉiumomente anstataŭigi ĝin per la vizaĝo de Helgi Sallo. La sekundomontrilo saltis de unu divido al la sekva, la minutmontrilo jam staris sur la sepa. Tiam alvenis la ĝusta momento, la reĝisoro ŝovis unu butonon malsupren kaj alian supren, la vizaĝo de Helgi Sallo elsendiĝis en la eteron, la orkestro ekludis viglan valson, Helgi Sallo malfermis la buŝon por la unua akordo, petole palpebrumis, klinis la kapon maldekstren, sed poste turnis sin flanken kaj ekiris rekte al la elirejo de la studio. La plej proksima kameraisto komprenis nenion kaj provis sekvi ŝin per sia kamerao, la orkestro aŭtomate daŭrigis ludi, pensante, ke oni eble forgesis informi ĝin pri iuj novaj movoj. La reĝisoro unue enŝaltis ĝeneralan vidon pri la studio, sed ajna kamerao ne sukcesis kapti Helgi Sallo, do li elektis tiun kameraon kiu sekvis la orkestron. Sed la orkestro intertempe paneis, en la tuta studio neniu kapablis fari movon, kaj ekregis tombeja silento. Helgi Sallo foriris senobstakle,

---

1 La rakonto (*Helgi Sallo lahkumine*) aperis unue en 1969, en la magazino *Noorus*. La traduko estis farita el voĉlego de Helgi Sallo mem, arhiiv.err.ee/vaata/264532.

2 Mati Unt (1944-2005), estona verkisto, teatra reĝisoro, frua postmodernisto

3 Helgi Sallo (1941), estona kantistino kaj aktoro, populara ekde la 1960-aj jaroj ĝis hodiaŭ, kiun Mati Unt prezentas en jena rakonto kiel arketipon de publika famulo. Kvazaŭ disduiĝas la virtuala figuro publike konebla, rolanta en televida elsendo, kaj la reala persono kun sia subita decido foriri el la televidejo en la eksteran realon.

4 Horoskoop estis furorega muzik-elsendo de la estona televido, de oktobro 1968 ĝis 1973, do tute freŝa sperto por la legantoj de la originalo en 1969.

kun klakantaj alt-kalkanumoj sur la pargeto, tra la pordo, tra ripozlokalo, laŭ mallumaj koridoroj, malsupren laŭ ŝtuparo, preter du virinoj, tra vitra pordo al la strato, kie alblovis ŝin vespera varma vento.

Helgi Sallo pluiris rekte laŭ la strato, sen alrigardi la pasantojn, ĝis la stratkruciĝo, turnis sin dekstren, preterpasis la televidan maston, la gazetbudon, la radio-sidejon, la ministerion de komunikado, drinkejon, taksistacion, kaj transiris la straton al la tramhaltejo, kie brilis la suno, kie akre odoris asfalto kaj kie estis gluitaj afiŝoj. La tramo alvenis. Helgi Sallo eniris, paŝis al la antaŭo de la longa vagono, survoje rememoris ke ŝi havas kun si nek monujon nek monon, sed ŝi ne zorgis pri tio, veturis plu kaj ridetis. Juna viro vidis ŝian rideton, opiniis ĝin adresita al li kaj demandis: ĉu la fraŭlino ne estas eble Helgi Sallo? La fraŭlino respondis ke ŝi ne konas homon kun tiu nomo. La juna viro plu demandis: ĉu ŝi ne almenaŭ radie aŭ televide aŭdis tiun nomon, sed Helgi Sallo skuis la kapon kaj, malantaŭ la fervojstacio, eliris el la tramo. Vagonaro ĝuste staris ĉe la kajo. Helgi Sallo eniris ĝin kaj sidiĝis ĉe fenestro. Kun paso de tempo ariĝis pliaj pasaĝeroj en la vagono, kio montris ke ja temas pri trajno kiu baldaŭ ekveturos. Tra la tuta lando, en tiu momento sur la televidaj ekranoj ankoraŭ staris jena anonco: "Ni petas pardonon. Teknika problemo". Kiam la trajno jam atingis ekster la urbolimon, envenis la vagonon konduktoro. Li haltis apud Helgi Sallo kaj longe rigardis rekte al ŝi. Helgi Sallo responde ridetis, kaj la konduktoro petis la bileton. Helgi Sallo respondis ke ŝi ne havas bileton. La konduktoro tamen postulis ke la fraŭlino serĉu sian bileton. Helgi Sallo ne faris tion kaj diris ke ŝi tute ne aĉetis bileton. La konduktoro demandis kial la pasaĝero ne faris tion. Helgi Sallo diris ke ŝi ne pensis pri tio. La konduktoro sciigis ke tiam ŝi devas pagi punon. Helgi Sallo respondis ke ŝi ne havas monon. La konduktoro petis ŝin montri identigilon, sed Helgi Sallo ankaŭ tion ne havis. Tiam la konduktoro diris ke en tiu kazo la pasaĝero devas forlasi la vagonaron, ĉar tia estas la leĝo. Helgi Sallo ne komencis disputi, sed iris al la intervagonejo kaj el tie rigardis la pejzaĝon. Estis vere jam vespero, kaj la ombro de la trajno verŝiĝis sur forajn kampojn. Kune kun la vitra pordo de la vagono, kuris tra la arboj, tra la valoj kaj montetoj, tra ĉielo kaj arbaro, la surskribo Прислонятся воспрещается[5]. La konduktoro, kiu daŭrigis sian

---

5   *Prislonjatsja vospreŝajetsja* (ruse) – malpermesite apogi sin. Tiutempe Estonio apartenis al Sovetio, kaj la rusa lingvo reale superis la estonan laŭ statuso.

laboron en la vagono, de tempo al tempo ĵetis suspektemajn rigardojn al Helgi Sallo. Poste la trajno malrapidiĝis, kaj jen haltejo. La pordoflankoj dismoviĝis malfermen kaj Helgi Sallo eltrajniĝis. La pordo refermiĝis malantaŭ ŝi, la trajno fajfis, ekmoviĝis, kaj baldaŭ malaperis malantaŭ relkurbo. Helgi Sallo restis sola meze de la silenta aŭgusta vespero. Profunde enspirinte, ŝi ekiris sur kampara vojeto. La suno estis jam kuŝiĝanta, la ĉielo paliĝis pli kaj pli. Helgi Sallo forlasis la vojon direkte al la arbaro. Poste neniam plu iu ajn revidis ŝin. Arbarmeze iĝis pli kaj pli malhele, komenciĝis la nokto. En la vilaĝo hundoj bojis. Ĉirkaŭ la dua horo leviĝis vento, kaj kontraŭvente amasiĝis supren nigraj nuboj. De fore aŭdiĝis fulmotondroj. La homoj leviĝis el siaj litoj kaj rapidis terkonekti siajn radio- kaj televidantenojn kaj fermi la fenestrojn kiuj restis apertaj subtegmente. La tutan nokton la tempesto furiozis kaj hajlo batadis la fenestrovitrojn. La homoj kuŝis sendorme kaj rigardis kiel la fulmoj denove kaj denove farbas la plafonojn kaj la murojn blankaj. La arboj ĝemis kaj branĉoj gratadis la fenestrojn. La hundoj fuĝis por kaŝi sin apud la bestoj en la staloj. Nur ĉirkaŭ la sepa horo trankviliĝis la ŝtormo. Super la vilaĝo, plurajn arbojn en la montetflanko fulmoj dishakis en splitojn. Iliaj trunkoj kuŝis en la malseka herbo, kaj iliaj folioj komencis sulkiĝi sub la radioj de la leviĝanta suno.

# La apartamento
## *numero 43*

de Mudlum
(el la estona tradukis István Ertl)

*Mudlum en 2018. Fonto: Vikipedio*

Mudlum (1966, civilnome Made Luiga), verkisto kaj kritikisto. Ŝia romano *Poola poisid* (Polaj knaboj) meritis Literaturan Premion de Eŭropa Unio en 2020. Grandan atenton ricevis ŝia romano *Mitte ainult minu tädi Ellen* ("Ne nur mia onklino Ellen", 2020), kies Ellen Noot, onklino de Mudlum, estis la lasta, mensmalsana partnero de la estona komunista verkisto Juhan Smuul[1]. La sekva prozaĵo aperis origine en la revuo *Vikerkaar*, junio 2013[2].

La apartamento numero kvardek tri situis en impresa car-epoka konstruaĵo el kalkŝtono, evidente planita de freneza arkitekto. En la domo ne troviĝis du apartamentoj kun sama plano, ĝi plenis de interetaĝoj, mezaj koridoroj, malhelaj sakvojoj. Eniro eblis el du flankoj, la pordo de la ekruina ĉefeniro staris ĉiam duone malfermita, dum en la koridoro kun kvadratita ŝtonmozaiko polviĝis angule acerfolioj el la pasinta jaro, intermikse kun diversa stratrubo. La dua pordo estis en la flanko de la domo, malgranda kaj nerimarkebla; fakte ekzistis ankaŭ tria pordo, en la malantaŭo de la domo, tra kiu eblis aliri la kelojn. La fronto de la domo tiom proksimis al la ŝoseo ke la mallarĝa trotuaro uzeblis nur somere, dum vintre oni devis rampe flankumi kun turnitaj piedoj inter la aŭtoradoj. Iam la ŝtuparon kovris tapiŝo, kaj la pompe forĝitajn manapogilojn nek

---

1  En traduko aperis en Esperanto unu rakonto de Smuul (1922-1971), *Ŝippereo*, kiel aparta broŝuro en 1968, Moskvo. Temis pri unu el la plej fruaj esperantaĵoj beletraj post la dua mondmilito en Sovetio – *Ĉiuj notoj estas de la tradukinto.*

2  "Korter number 43", vikerkaar.ee/archives/189

tempo nek homaj fortoj povis supervenki, krom kelkloke elfleksi kelkajn stangojn. Ambaŭflanke de ĉiu ŝtuparplaceto staris du altaj tabulpordoj duklapaj, malcerte flavbrunaj. La numerŝildoj de la apartamentoj estis malnovaj, iuj pordoj ankoraŭ surhavis la malnovan nomŝildon de iama loĝinto.

Ĉi tiun imponan domon konstruigis estona viro, veninta el la kamparo al la urbo, kiu havis entrepreneman spiriton kaj riĉiĝis funkciigante lombardejojn. Al siaj infanoj li havigis altan edukon, tiel ke unu iĝis profesoro kaj kun sia familio ekloĝis en la apartamento numero kvardek tri. La profesoro havis pol-germanan edzinon kun granda nazo kaj kvar belajn infanojn, tri filinojn kaj unu filon. Apartenis al ili ankaŭ unu el la malmultaj aŭtoj en la urbo, kaj vera franca buldogo kun la nomo Lonni.

Unu el la filinoj blindiĝis, en sia tenera fraŭlinaĝo havis severan kokluŝon, kaj la tusado detruis ŝiajn optikajn nervojn. Alia filino iĝis arkitekto kaj eterna fraŭlino. La tria iĝis librotenisto kaj patrino de filo. La frateto Carolus iĝis epilepsiulo kaj drinkulo.

Endomiĝi tra la ĉefa dompordo ne estis malfacile: sufiĉis supreniri la ŝtuparon al la tria etaĝo, trairi unu el la duklapaj altaj tabulpordoj, daŭrigi laŭ longa malhela koridoro, kiu finiĝis denove per giganta duklapa pordo. El la alia flanko, tio estas de malantaŭe, eniri sukcesis nur inicitoj, ĉiuj ceteraj perdiĝis komplete en la labirinto. Sekvis ŝtuparo, vojturno, ŝtuparo, parto de la ŝtuparo daŭris supren, sed parto de la itinero disbranĉiĝis dise tra la domo: oni trafis al malluma vestibleto, palpe trovis plian ŝtuparon mane (kaj samtempe pordo kondukis de tie ankaŭ al sak-koridora apendico, kie troviĝis la fandogardiloj de la apartamento numero kvardek tri, ĉe tiu koridoro loĝis surdulo, kiam la fandaĵoj trabrulis kaj la surdulo estis ferminta la interpordon, oni ne rehavis sian lumon ĝis multe, multe pli malfrue), poste sekvis vojturno, ŝtuparo, kaj unu plia malluma vestibleto, kun tri pordoj kaj tri kamerpordetoj, el kiuj la ĝustan necesis trovi palpe.

Dum la estona sendependeco[3] la apartamento trais la tutan konstruaĵon, sed poste unu parto komprenble estis forkaperita kaj donita al senhavuloj. Ĉe la sama koridoro, kiam mi loĝis tie, kaj verŝajne dum jardekoj antaŭ tio kaj ankaŭ post mi, loĝis disputema, centjara harpio. La elektro de la koridoro kaj necesejo kredeble pasis tra ŝia mezurilo, tial de la plafono pendis nur ampolo je dek

3   La unua sendependeco de Estonio, 1918-1940

vatoj, kiel tiuj kutimaj en fridujo. Neniam, neniam estis tie lumo. La klozeto situis komence de la koridoro: malhela, malvarma, kun pratempa akvopelilo sub la plafono, kiu havis longan tirilon ĉenan kun blanka tenilo, sed akvo ja ne venis, ĝi devis esti alportita el la kuirejo en ĉerpilo. La koridoro mem estis plenŝtopita per grandaj, malnovmodaj vestoŝrankoj, estis tri aŭ kvar da ili. Staris tie ankaŭ granda vestrako kun amaso da malnovaj vestaĵoj. Se oni iom formovis tiun rakon, sub ĉio tio kuŝis marista kesto kun intervandetoj el kalikoto kaj tirkestoj plenaj de antikvaj broditaj tolaĵoj kaj ĉiaj aliaj vestaĵoj antaŭdiluvaj: tine-manĝitaj frakoj, perlobroditaj edziniĝroboj kun bartaj korsetoj, puntaj baptovestetoj, kotonŝablonoj, ŝtofostrioj kaj kroĉetitaj submetaĵoj. Sur la marista kesto staris pluraj vimenkorboj kaj kelkaj valizoj el krucplakaĵo, ĉapelskatoloj kaj cetera fatraso. Malantaŭ ĉi tiu tuta trezorejo kaŝis sin plua duklapa pordo, kondukanta al tiu duono de la apartamento kiu estis donita al la senhavuloj, sed tie oni eĉ malnovtempe ne loĝis, en unu tiea ĉambro ekzemple oni kutimis gardi la kristnaskajn donacojn. En la koridoro troviĝis krome malnovaj ombrelrakoj, promenbastonetoj, kupraj vestarkoj, longigaj tabloklapoj kaj monteto da ĉiaspecaj piedvestoj. Ankaŭ la ŝrankoj estis ĝiskreve aĵoplenaj.

La granda ĉambro, kien oni trafis antaŭ ĉio, havis proksimume kvindek kvadratmetrojn, kaj ankaŭ la plafono altis je kvar metroj. El la granda ĉambro oni povis eliri al balkono kun kadukaj ŝtonkaheloj ruĝe blankaj, sur kiu la metala balustrado estis maĉita de rusto, kaj kie altis belaj betuloj: plantinte tie siajn semojn, ili elkreskis. Unu longan muron de la ĉambro kovris librobreto, de planko ĝis plafono. Facile trovis por si spacon enorma kverka skribotablo, krome granda ronda tablo kun dikaj trabosimilaj kruroj, kiun plej ofte ornamis malpuriĝinta brodaĵo tro malgranda por ĝi; fortepiano Becker, malnova turka sofo, ovala tablo, alta kesthorloĝo, brakseĝoj kaj kelkaj pli malgrandaj ŝranketoj. La ĉambro havis escepte malbelan kaj eluzitan lignan plankon, laŭ kies ekzemplo mi neniam pensus ke malnovaj planktabuloj povas esti belaj. El tia oni ekhavas spliton en la piedo. En unu angulo staris blanka kahelforno. Granda.

Sur la bretoj vicis plejparte malnovaj germanaj libroj filozofiaj, kriminaljuraj kaj cetersciencaj. La bretrandoj estis plenaj je vazoj de la Reĝa Kopenhaga Porcelanfabriko kun mevoj kaj velboatoj, je korkoj de kristalkarafoj, je bronzaj kandelingoj kaj pliaj masivaj kaj malpli masivaj belaĵetoj. Ĉio kovrita de jaroj da polvo. En la tirkestoj de la skribotablo kuŝis praaj inkosorbiloj, lupeoj, malnova mikroskopo, skatoloj da mineral-specimenoj zorge pakitaj en apartaj faketoj en mola silkeca flava kotono kaj strange odorantaj je ŝtono, kaj multo alia interesa. Konservata estis ĉiu lasta kvitanco aŭ rezulto de urin-analizo. Sur la tablo tronis peza, malnova telefono el bakelito, kies aŭskultilo sentiĝis fortika kaj fidinda en la mano.

La meza ĉambro estis longa kaj mallarĝa, de tie oni hejtis la fornon, en diversaj tempoj oni trovis en ĝi fatrasojn malsamajn. Esence: malbelajn brunajn ŝrankegojn el ligno. La murpiedoj plenis je ŝtoniĝinta katomerdo. Kiom ajn oni frotus, neniam oni ĝin forfrotus. Poste sekvis malgranda trairejo kondukanta al servista ĉambreto, kaj ĉe la alia flanko terura banĉambro, timiga loko kun marmora lavujo, gisfera kuvo, betona planko kaj glacie malvarma akvo. Onidire iam-tiam ankaŭ varma akvo venis el la krano. Sed ĝi estis sub kurento, do bani sin povus finiĝi fatale. En niĉo estis antikva ŝranko por tolaĵoj, tra kies duone apertaj pordoj elpremiĝis amaso da temp-flavigitaj littoloj ĉifonecaj.

La kuirejo estis granda, ĉirkaŭ kvaronon okupis impresa blanka kahelstovo kun manĝvarmiga fako, sed tiu ĉi stovo neniam iĝis sufiĉe varma por varmigi ion ajn tie. Ni nomis la varmigan fakon la katofako, ĝi estis loko por enfermi malbonajn katojn. Sur la kuirplatoj de la stovo estis skribite per blanka kreto: MORTON AL BLATOJ![4] Ĉe sudokcidenta vento mankis aerblovo, enbloviĝis nur fumo, iuj kamentuboj estis konstruitaj mise aŭ obstaklis unu al alia... Ial en la vintro la ventoj estis plejparte sudokcidentaj. En mia tempo, kiam ne plu estis servistino, la hejtado okazis nur per torfobriketoj, ĉar ligno ne estis. Komprenble, abundis malnovaj germanaj libroj, ankaŭ ili taŭgis se ĉio alia mankis, sed libroj malbone brulas. Ekbruligo de fajro havis sian metodon: la briketoj estis dismetitaj en du turoj kaj kovritaj per tria transverse, kaj en la truon kiu formiĝis inter ili oni enŝtopis ion bruleman. Ni ordinare mendis du tunojn da briketoj por la vintro kaj devis treni ĉiom surdorse al la tria etaĝo, ĉar en la kelo oni intertempe konstruis butikon por vendi kontraŭ fortaj valutoj. Foje mi bonege amuziĝis pri ĉi tiu briketportado: mi petis kelkajn virajn amikojn helpi min, sed post kelkaj grimpoj supren-suben al la tria etaĝo iliaj fortoj elĉerpiĝis kaj ili preferis dungi per po duonlitro da vodko kelkajn helpantojn el la pordo de loka alkoholvendejo. Ne mankis drinkejoj en la ĉirkaŭaĵo,

4   Eventuale aludo al komunistoj

en radiuso de kvindek metroj troviĝis eĉ kvin. Ni mem sidis en la kuirejo, manĝante la supon de la helpantoj kaj estis kartludantaj, kiam iel trovis nin iu intervjuanto de Emor. Mi ne memoras pri kio temis liaj demandoj, sed certas ke li ne ricevis verajn respondojn. Li pacience sidadis ĉe tablorando, rifuzis la proponitan glason da vodko, terure ruĝiĝis kaj plenskribis sian demandaron. Ho, ĉi tiu Emor estis vera malbelaĵo. Ankaŭ mia patrino foje laboris por ili, kiam estis malfacile pri dungoj kaj ŝi bezonis kromsalajri. Imagu nur kion homoj devas fari, iri de domo al domo, de apartamento al apartamento, paroli kun ajnaj uloj en subĉemizoj, por ricevi ekzemple po 50 cendojn por ĉiu plenigita demandaro.

Malantaŭ la kuireja pordo estis plia koridoro kaj la elirejo, tie troviĝis kamero plena de malnovaj gazetoj, ekde la cara epoko ĝis la kultura magazino *Sirp*. Tie oni stokis la hejtaĵojn. Fronte staris unu plia ŝranko, kun malnovaj teleroj, iloj, najloj, fatraso kaj rubo. En la koridoro estis dua klozeto, kie la fekseĝo malstabilis sur sia bazo kaj la gargarado ne perfekte funkciis. Krome, pordo de tie kondukis al mizera loĝkuirejo, kie hejmis la vestogardistino de la najbara lernejo, virino de pli ol meza aĝo kun malgranda filino kaj timige multe da pulohavaj bestoj. Hundoj, katoj kaj ceteraj brutoj. Mi kartludis kun la filino ĉe la kuireja tablo, kaj ankaŭ cetere ni tre bone interrilatis.

La vivo en tiu apartamento baziĝis sur kutimoj kaj tradicio, ne estis tiel ke la malnovaj moroj estus forgesitaj, ne, oni ilin forte konservis, multe pli forte ol la aĵojn. Dum Kristnasko oni elserĉis el la germanaj kuirlibroj manskribitajn malnovmodajn receptojn pri spickuketoj, farataj kun potaso kaj kornosalo, kaj ĉiam venis la arkitekta onklino por prepari ilin, ĉu blovis sudokcidenta vento ĉu ne blovis. Oni elfosis la antikvajn stanajn bakmuldilojn, estis tie kanguruo kaj kometo kaj sankta ŝafido, kaj poste dum tagoj oni daŭre diligentis kaj bakis, tiuj mielkukoj restis diskuŝi ĉie ĝis la posta Kristnasko kaj eĉ la postposta, kvankam oni disdonadis kuketojn al ĉiuj, ŝtone malmolajn kaj tre belajn, plaĉe malhelbrunajn; kompreneble ankaŭ la siropon ili mem pretigis, kiel en vera sorĉistina kuirejo. Ankaŭ la Kristnaska manĝaĵo estis malsama ol la rutina viandopladoj, ĝi devis esti farita el salita viando, kunkuirita kun napoj, karotoj kaj terpomoj. La viando devis maturiĝi en sala akvo kelkajn semajnojn antaŭe. El la granda bufedo, plenplena je eroj el malnovaj servicoj, supujoj, pladoj kaj kafrostiloj, oni elprenis

Langebraun-tasojn kaj subtasojn, same kiel arĝentajn forkojn kaj tranĉilojn. Poste mi vidis kiel, jaron post jaro, aĵoj malaperadis inter la makzelojn de antikvaĵistoj: foje oni venas hejmen kaj ne plu estas arĝentaj kuleroj, foje oni venas hejmen, ne plu estas la porcelanaĵoj el Meissen, la kristalaj ĉampanglasoj, la kasko de fajrestingisto en triangula ligna skatolo estas for, fine restas nur la breĉitaj teleroj aŭ la tasoj sen ansoj, kiujn oni ne sukcesis monigi.

Ankaŭ Pasko havis siajn neŝanĝeblajn kutimojn: pentritajn ovojn oni metis sub fajencan kokinon en korbo; oni preparis, plu laŭ tiuj malnovaj germanaj receptoj, la super-pladon *paŝa* kun migdaleroj kaj kanditaj fruktoŝeloj kaj sekvinberoj kaj butero kaj kremo, metis ĝin en antikvan lignan muldilon kun desegnoj, kaj lasis ĝin dreniĝi sur gazo tutan tagnokton. Akompane al la ovoj oni devis manĝi ŝinkon kaj fiŝojn. La pli delikataj ingrediencoj, kiel migdaloj kaj kandaĵoj, estis senditaj al la onklino de ŝiaj germanaj parencinoj el eksterlando, tiuj kiuj sukcesis forlasi Estonion ĝustatempe. Ili sendis ankaŭ veran Jacobs-kafon kaj glumarkojn por meti sur la ovojn. Poste oni kaŝludis kun ovoj el marmoro aŭ malakito – tiujn kiuj perdiĝis, eblis trovi jarojn poste inter la kordoj de la fortepiano aŭ en alia neatendite freneza loko.

Mi ne vere scias kiel ili trovis sufiĉan spacon en tiu apartamento, kiam restis nur tri el la ok aŭ naŭ ĉambroj. La meza, mallarĝa ĉambro estis dividita je duonoj per ŝrankoj; ĉe unu flanko, la pli malhela kaj senfenestra, loĝis la filino kun infano, je la alia flanko la patrino verŝajne de ĉiuj, aŭ Mamma, kiel ŝi estis nomata. Kaj iel ankaŭ la blinda filino devis havi spacon por si. Mamma ĝis la fino eĉ parolis plejparte germane kun la familianoj, ŝia digno restis integra, same somere kiel vintre ŝi iradis ĉien en antikva mantelo kun vulpa boao ĉirkaŭ la kolo, la infanoj ĉiam iom timis ĝin, ĉar ĝi estis terura kaj hirta kaj tute morta. Kun boao ĉirkaŭ la kolo, ŝi iris al loka vendejo de drinkaĵoj kaj bakaĵoj kaj postulis de la butikisto omaron. Komprenelbe, la vendejo omaron ne havis. "Sed mi ŝatas ĝin!" anoncis la sinjorino orgojle.

En la granda ĉambro la arkitekta onklino havis klapliton, kiun ŝi ĉiam klapfermis por la tago, kaj ŝi vivis tiel ĝis la sesdekjara aĝo, kiam la municipo finfine asignis al ŝi unuĉambran loĝejon en Lasnamäe[5]. Ŝi tiam kunprenis la pli belajn aĵojn el la malnova hejmo en la unuĉambran: la vitritajn librobretojn kaj tiujn tolaĵo-ŝrankojn kun fenestroj kiuj havis ene kurtenojn kun floretaj desegnoj, same

5  Parto de Talino, sovet-epoka plansetlejo (1973-), loĝata ĉefe de rusoj

kiel la pli luksajn juvelojn kaj pladojn. Tute neklarigeble, ĉiuj ŝiaj havaĵoj malaperis poste kune kun la loĝejo.

En unu ĉambreto, iama servista ejo, loĝis onklo Carolus, kiu estis stranga viro. Alta kaj maldika, neniun postenon li longe tenis, al ĉiu laboro iradis nur ĝis la unua pagotago, poste fordrinkis la salajron, iom sobriĝadis, kaj rekomencis serĉi novan lokon. Ĉiam li portis neĝblankan koltukon el silko, kiun li mem lavis, negrave kiom ĉifonaj estis liaj ceteraj vestaĵoj.

Li tenis la pordon de sia ĉambro ŝlosita, neniu alia tien eniris. Iufoje li incendiis sian vivejon, poste temp-al-tempe aperadis el ie ludkartoj kun fajrospuroj kaj libroj kun brulintaj paĝanguloj, kio donis okazon denove paroli pri la fajro ĉe onklo Carolus. Lia drinkmalsano evoluis al epilepsio, kaj pro ĝi li ja mortis, kelkajn jarojn post siaj tridek. Ĝuste en sia ĉambro li falis kaj mortis.

Onidire li ankoraŭ aperas tie de tempo al tempo. Li estis vidita en plena taglumo, staranta en la pordo inter la granda kaj la meza ĉambroj, sub brila suno, kun la blanka tuko ĉirkaŭ la kolo. Li faras nenion malbonan. Staras iomete, ĉirkaŭrigardas kaj poste denove foriras.

En la meza ĉambro mortis ankaŭ la blinda onklino, kiu laboris en brosfabriko kaj estis la plej riĉa el ili ĉiuj, ŝi ĉiam havis konjakon kaj ĉokoladajn bombonojn en sia ŝranko kaj veturadis al la laboro per taksio. Ŝi havis ankaŭ strangan inklinon al belaj subvestoj, laŭdire post ŝia morto multaj neportitaj puntaĵoj estis trovitaj en ŝia ŝranko, sufiĉe malfacile akireblaj tiutempe. Bedaŭrinde, ili ne taŭgis por iu ajn krom ŝi mem. La seĝoj kaj kelkaj aliaj aĵoj en la somerumejo estis farbitaj per la forta ruĝa farbo por brosteniloj ŝtelita el la brosfabriko, kaj tiuj mebloj miskolorigis onian blankan pantalonon ankoraŭ tridek jarojn poste.

Poste tie mortis la Mamma kaj ankaŭ la librotenistina filino, kiu havis kanceron sufiĉe juna, en siaj kvindekaj.

La avo de ili ĉiuj, tiu kiu konstruigis la domon, havis sian loĝejon je etaĝo pli malalte, eĉ pli grandan, pli dignan, kun eĉ pli da kverkaj mebloj. Lian morton kaŭzis koleriĝo, ĉar ĉe la naskiĝtaga tablo sidis dek tri gastoj.

Kiam fine la plejmulto de la loĝantoj forlasis la homplenan hejmaron, la apartamento estis lasita al la pli junaj generacio, por festoj amuzaj kaj malpli amuzaj. Apartamento kun granda ronda tablo urbocentre signifis konstantan drinkantaron en daŭra festado. La spirito de la epoko, etanolaj miksoj el Royal kaj la fruktosiropo

Mehukatti, detruadis drinkemulojn. Iuj neniam resaniĝis el ĝi. Mi memoras, mi vidas kvazaŭ en malrapidigita filmo, aŭ eĉ senmova bildo, la samajn homojn malantaŭ la samaj glasoj, kiuj rakontas la samajn rakontojn... dum jaroj. Fine, ili komencis veni malpli ofte, la mastro de la apartamento komencis fini la festadon pli frue, pli frue ekkantis amuzajn kantojn, ĝis fine li ne plu rekonis siajn geproksimulojn, ne plu kapablis ekbruligi sian cigaredon, la manĝaĵo defalis de lia forko kaj poste eĉ el lia buŝo. La edzino foriris, la amikoj malkovris ke arĝentaj kuleroj foje malaperas ankaŭ el iliaj hejmoj.

Kaj, plej fine, necesas paroli pri la proprieta reformo. Pri tiu kiu reformis proprieton. Esence, ĉi tiu reformo donis laŭleĝan eblon je ĉiaj misfaroj al ĉiaspecaj ŝakristoj. Tri domoj en la urbocentro estis restituitaj al la lasta sproso de la familio, la legitima posedanto, kiu, kiel dirite, ĉefe ŝatis trinki vodkon kaj legi librojn. Pro tio li iĝis iom tro fiera, li suspektis ke liaj amikoj avidas lian monon – kiun li ne havis kaj neniam povus havi. En la domoj ekloĝis misteraj luantoj, suspektindaj suomoj kun la nomo Kari, lace hidrogenblondaj, tenacaj mezaĝulinoj, tipoj tiaj kaj aliaj, en kies manoj ĉio disfalis ĉiam pli, sed verŝajne ili mem tamen trovis sian pecon da profito.

En la fino, la heredanto lasis la administradon de ĉiuj liaj financaj aferoj al iama samklasanino, advokato. Ŝi estis tre kora kaj malstulta virino, ŝi salutis homojn ĉiam per varma brakumo kaj nomis ilin siaj karuloj kaj koruloj. Estante persono kunsentema kaj agema, ŝi malplenigis la apartamentojn, reloĝigis la malnovajn loĝantojn, riparigis la domon kaj vendis la apartamentojn al siaj konatoj. La loĝejon de la onklino en Lasnamäe kaj almenaŭ tri luksajn nemoveblaĵojn aĉetis, kontante, la edzo de la advokatino, viro kiu ĉiam portis nigrajn ledvestaĵojn. Sed la vodko-monon ili ne domaĝis, necesis nur unufoje monate iri al la oficejo por ĝin preni. Mi pensas ke ĉiuj koncernatoj restis fakte relative kontentaj.

Dum jaroj mi veturadis preter la granda domo kaj rigardis mian dompordon, tiun en la flanko, kiu erarigis homojn kiel Susanin erarigis la polajn trupojn[6], mi rigardis kaj pripensis ĉu mi vere eliradis kaj eniradis tie dum tri mil tagoj, stumbladis trans polva kaj herbaĉ-plena sendomejo al la butiko, por vodko, por manĝaĵoj, por io ajn utila postebrie... Ne ekzistas loko en ĉi tiu mondo kiu estus tiel perdita, tiel neatingebla, kiel la lokoj kie oni iam loĝis.

---

6    Laŭ legendo, Ivan Susanin en 1613 misgvidis polajn trupojn kiuj survojis por mortigi la rusan caron. Miĥail Glinka en 1836 verkis operon pri li.

# Ekzilito malkovras
## *s u n e k l i p s o n*

de Ilmar Jaks
(el la estona tradukis István Ertl)

Ilmar Jaks (1923-2019) apartenis al tiu generacio de estonoj kiuj ne povis eviti soldatiĝon en la dua mondmilito, post kiu ili aŭ restis en sovetigota Estonio, aŭ estis deportitaj en Siberion, aŭ ekziliĝis. Tiu lasta estis la sorto de Jaks, en kies verkaro unu konstanta fadeno restis la vivo de malgraŭvole elmigrintaj estonoj: en jena rakonto, tiuj en Svedio.

Redaktoro Palk ĝeme apogas sin sur la seĝodorso, ekbruligas cigaredon, lasante la enhavon de la finita gazeto plian fojon trapenetri lian konscion.

Ne, kvaronjarcento da ĵurnalismo ne forrabis la freŝon de liaj titoloj, kaj lia diligenta plumo plu produktas novajn rubrikojn sloganecajn. La batalo daŭras! Senlace antaŭen! Forton al la tasko! En rektaj linioj, sen ajna signo de senfortiĝo, marŝadas la kolonoj de liaj artikoloj de unu paĝo al alia, ĉiam kun la celo gvidi kaj klerigi la popolon. En la lampoj de nia nacio neniam rajtas elĉerpiĝi oleo. Tiu kiu laciĝas, ankaŭ perfidas. La malamiko ne dormas, ankaŭ vi ne dormu, samlandano.

Estas kiel prediko, kiel anoncado de la Dia vorto. Antaŭ li, en imagata aŭditorio, sidas multaj Jaan kaj multaj Leena, samnacianoj kiujn la ŝtormoj de historio ĵetis en fremdan landon, soifaj atendi la mateniĝon. "Gardisto, kiom da nokto restas?" Eĉ se la mallumo daŭras, lia voĉo de konsolo, kuraĝigo kaj admono ne rajtas ektremi. Historio jam ofte montris ke maljustaĵoj ripariĝas kaj justo fine ĉiam triumfas.

Jam preskaŭ tri jardekojn li staras en ĉi tiu predikejo kaj paroladas pri la nigraj fortoj kiuj, kiel korvoj, diskarnis la birdoneston de ilia nacia sendepende, pri la dornokrono sur la sangigita frunto de

---

1  "Pagulane avastab päikesepimenduse", el la volumo *Augeiase tallid* ("La staloj de Aŭgio"), 1977, laŭ la eldono de Perioodika, Tallinn, 1991.

senkulpa popolo, pri la senŝancela decido batali ĝis la lasta sango-
guto, ĝis la lasta spiro.

"Nacia heroo!" "Martiro de l'popolo!" "Popol' nerompebla!"
"Antaŭen por Estonio!"

Por nun, finite.

## EKSTERLANDAJ NOVAĴOJ

Eksterlandajn novaĵojn oni nepre ne forgesu. Ĉio okazanta en Lon-
dono aŭ Vaŝingtono tuŝas ankaŭ la ekziliton, en la horloĝmekan‑
ismo de mondpolitiko gravas ĉiu eventeto en Proksima Oriento,
Moskvo aŭ Pekino. Ĉion tion oni devas peri al la popolo en la ge-
patra lingvo, kun kelkaj kuraĝigaj klarigoj kaj komentoj de la redak-
toro. "Ĝusta paŝo en la ĝusta direkto." "Francio vekiĝas." "Usono
rifuzas ajnan marĉandon je nia kosto." "Dilemo de kiu dependas la
sorto de la Balta landaro."

## EL LA HEJMLANDO

Ĉiam necesas teni viglajn okulojn sur la hejmlando malantaŭ la Fera
Kurteno. Por ke la lupo ne povu pace mordi sian predon, sed nur
en akompano de justulaj protestoj. Sputnikojn ili kapablas flugigi
al la spaco, sed antaŭ panvendejo serpentas longaj vicoj, jardekojn
post la militfino. Ĉu jen tia estas via laŭdegata paradizo? Vi estas
ŝtipkapuloj, nenio alia! Simplaĉuloj, kiuj ne kapablas provizi la
popolon eĉ per ŝuoj! Sensencaĵoj! Kie estas tiu via libereco, se la
homoj eĉ ne rajtas eliri el la lando, se ĉiun malferman opini-espri-
mon oni punas per Siberio? Kie estas nun Savipoeg, Käärm, Lutter?
Prizonon vi kreis, ne paradizon, kamaradoj! Sensencaĵoj! Je sango,
ne je libereco odoras via socio, kie nur la partiaj bonzoj kaj gravuloj
bone fartas. Tiom longe kiom oni ne forsendos ilin, kaj dum la
haladzaj sovetaj kloakoj restos nepurigitaj, nenio ŝanĝiĝos tie!

Nu jen. Taŭron oni kaptu je la kornoj, malbonon oni nomu per
la nomo. Farende senprokraste!

## SOCIA AGADO

Ne nur per pano vivas homo. Ankaŭ ekzilito estas homo. Sekve,
al Jaan kaj Leena necesas doni ion krom pano, ion por la animo. Eĉ
Dio ripozis en la sepa tago, certe eĉ komencis siajn ripozhorojn jam
sabate vespere. En sabata vespero kantante mi iras vidi mian Teron.
Post tutsemajna pena laborado en fabrikoj, oficejoj kaj aliloke, oni

kunvenas por aŭskulti prelegojn, lertigi sin en deklamado, rigardi lumbildojn, diskuti pri plej bonaj bankdeponoj.

## NASKIĜDATREVENOJ. FESTOTAGOJ. JUBILEOJ

Kredu aŭ ne kredu, tiu Muru kiu alvenis al Svedio kiel junuleto, fariĝis jam vera viro. Gratulon al Muru!

Ĉu eblus eĉ nur nombri ĉiujn artikolojn kiujn li verkis en la kvindekaj, sesdekaj kaj sepdekaj jaroj, kiuj vidis presinkon en la kolumnoj de tiuj jarkolektoj por saluti la koncernatojn en la mateno de iliaj jubileoj?... Lernanto en paroka lernejo... Frekventis la gimnazion de Pärnu kaj la Universitaton de Tartu... multjara estro de la studenta vira koruso... Studenta frataro... ano de la Defenda Ligo... Meritkruco de la dua klaso kun glavoj... ĉiam afabla kaj servopreta... al la senlaca laboranto... al la batalanto por idealo... al la bona amiko... deziras multajn, multajn pliajn jarojn...

## FORPASOJ

En la persono de Madis Malk ni perdis veran patrioton, kiu postlasis apenaŭ plenigeblan breĉon. Ŝvela je pulsanta energio, ĝis la lastaj vivmomentoj li fosadis la sulkon en nia nacia vitejo, kie la rikolto abundas, sed rikoltantoj malmultas; li kultivis la naciajn novalojn, kie baldaŭ floros denove la hejmlanda sekalo de Sangaste[2]! Ripozu en paco, Madis!

## JUNA VIVO. KONFIRMACIOJ

La popolo en sia trudita ekzilo tamen ne perdis la vivoforton; male, ĝi eĉ kreskas. La popolanoj, junuloj kaj junulinoj, etendas al si la manojn kaj plimultiĝas. Ĉe estona paro naskiĝis ĝemeloj. "Nenia problemo", respondis la feliĉa patro al nia korespondanto, "du celojn per unu ŝtono!". Jes, ni semas kaj semas konstante. Ni bezonas junajn idealistojn, kiuj donu fajreron al la popolo.

## LOKE, FAKE

Estono malkovris mineblan kupro-kuŝejon! Noviga vitro-mozaika tekniko de estona artisto! Estono iĝis direktoro de granda fiŝkombinato en Danio! La patrino de Liz Taylor edzigis estonon! En estona popola kostumo, kun sana memfido, estonino prezentis sin en sabata televida kvizo por la dekmil-krona demando...

---

2   La plej malnova kultivata sekal-variaĵo en Eŭropo. Sangaste estas vilaĝo en suda Estonio. – *La trad.*

# AKIROJ KAJ ATINGOJ

Estono en diskuto kun reprezentanto de la Sankta Seĝo. Estono sub la fulmoj de fotografiloj, post tri-seria tenismatĉo. Estonoj kiel unuaj turistoj en Israelo post la bataloj. Estona knabino ĉefrole en la Lucia-festo de Norrköping.

Persista popolo! Ne, ne temas pri esprimo senenhava, sed ja pri viva realaĵo, kaj pri tio rean pruvon donis okazaĵo kun nia samlandano en la urbo Gävle. Transironte straton, haltante ĉe ruĝa trafiklumo, Rein Rohumets neniel imagis ke li devos resti tie dum tuta aŭtuna nokto. Tamen tiel okazis. La semaforo ŝaltiĝis al verdo nur en la mateno, pro iu nekomprenebla teknika problemo ĉe la polico. Bonŝance nia estono surhavis varmajn vestaĵojn, tiel ke lia aventuro, pruvanta lian respekton al la leĝo, fariĝis simple unu plia riĉiga travivaĵo.

## PERSONE

Intelekta kvociento de estonoj: 99. Estono malantaŭ rabotostablo; estono ĉe arbohakado; estono ludante mazurkon de Ŝopeno; estono kun ĝardena ŝprucigilo; estono survoje al meso; estono kiel hotelknabo malfermante pordon por ĉefministro; estono apoganta sin al parapeto de banloka teraso... Du pliaj ŝakmovoj, kaj la kontraŭulo de estono estos matigita. Estono inventis novspecan sapujon. Estono apud necespelvo memkonstruita. Estono en kongreso de fakuloj pri kapohaŭto...

En ĉiu numero de la gazeto devas esti almenaŭ unu artikolo pri okulfrapa samlandano, por pruvi ke la estonoj de tie jam fariĝis estonoj de ĉi tie, kaj ke nia estonteco estas en ŝtale sekuraj manoj.

## ESTONO KAPTIS BANKRABISTON

"Bildo de la bankrabisto Fernström aperis en la matenaj gazetoj; radioj kaj televidoj konigis detalojn pri la aspekto de la serĉato. Estonon, kiu sen pripensoj levas kafotason al la lipoj en memserva manĝejo, subite trafas alarma penso: viro sidanta ĉe tablo fronte al li, kiu mallerte klopodas kaŝi sin malantaŭ gazeto, devas esti la serĉato! Al nia estono eĉ ne eblas pensi pli longe. Sentante sur si duban rigardon, Fernström subite stariĝas, rapide direktas sin al la pordo kaj eliras surstraten. La estono postvenas ĉe liaj kalkanoj. La krimulo rapidigas la paŝojn; la estono same. Flankiĝante en stratetojn, malaperante sub volbojn, Fernström esperas liberiĝi de

TRADUKITA PROZO

sia sekvanto, sed ne eblas! Paŝo post paŝo malkreskas la avantaĝo de la bankrabisto; sur la preskaŭ senhoma flankstrato, en fina spurto la estono atingas la kalkanojn de Fernström, kaj la rabisto, en lasta despero atakinte la estonon, falas pro ties fortega makzelbato sur la pavimojn. Jen farite! "Jen farite!" – anoncas la estono al la policano alvenanta surloken, dum li senpolvigas siajn manikojn. Dank'al la karakteriza malvarma sango de niaj homoj, dank'al ilia kapablo rapide reagi, dank'al la korpa rezisto kaj entreprenemo..."

Skribante la lastajn frazojn, redaktoro Palk sentas en si ian etan ekstazon, kapablon mem elfari ion grandan kaj majestan. Ĉi tiaj momentoj formas pintojn en la vivo de ĵurnalisto, por kiuj indas ĉia klopodo.

Fakte li ŝatus ankoraŭ ion aldoni al la morgaŭa numero de la gazeto, plenigi malplenan kolumnon per titolo kiu gapigus eĉ blindulon. Multaj samnacianoj iĝis malviglaj, distanciĝis de la frontlinioj kaj ne plu reagas al la voko de liaj torĉe brulaj vortoj. Ĉu li skribu ĉi tiel: DUMILA NUMERO DE ESTONA ESTONTECO? Ne, tian okazaĵon oni devas marki per io eksterordinara. Sed per kio?

La ĉiela bluo, brilinta al lia labortablo, intertempe jam paliĝis. El iu alta loĝdomo aŭdiĝas muziko el disko. La nadlo de la gramofono glitas ĉiam en la saman kanelon, obstine, senĉese. Kaptinte sian notblokon kaj plumon, kun rigardo al la malnovaj kaŝtanarboj, la redaktoro pacience atendas. Nur unu plian bonan ideon, kaj li regalos siajn legantojn per numero vere jubilea.

Sidante skriboprete, li subite rimarkas ion nekutiman. La ĉielo malheliĝas, kvankam ne videblas eĉ unu nubo. Kvazaŭ iu tirus kurtenon antaŭ la sunon, malgraŭ ke la horloĝo montras nur post-tagmezan horon.

Leviĝinte de malantaŭ la tablo, li iras al la fenestro kaj lasas sian esploran rigardon gliti super la domoj, preĝejaj turoj kaj reklam-ŝildoj. Ĉe la stratangulo staras sinjoro en tvida veŝto, levante serĉajn okulojn al la ĉielo. Komprenelbe, li! Oljum! Stelulo en briĝludo, kiu en lastatempaj renkontiĝoj kun lokanoj surprizis la publikon per siaj ŝlemoj. Malgraŭ ĉio, Oljum restis simpla filo de la popolo, kiu ne evitas agrablan babilon je ajna horo de la tago. Sed kion do li esploras nun tiel? Ĉu iun aviadilon? Aŭ reklamon en la aero?

La sennuba malhelo profundiĝas, la mallumaj kurtenoj ĉiusekunde pli malsupreniĝas super la urbo... Kaj nun li komprenas: suneklipso! Estas ja suneklipso, kies proksimiĝon Oljum tie atestas jam de kelka tempo! Lia okulo de kartludanto maltrafas nenian detalon, ĉu sur la kartluda tablo ĉu sur la vasta ĉielo! Bonege! La jubilea numero havos artikolon tagotrafan! Morgaŭ legos jen kion legantoj en Eŭropo, Aŭstralio, en ĉiuj kontinentoj!

"EKZILITO MALKOVRAS SUNEKLIPSON!"

Laŭmemore, ĉi tian eksciton de longe li ne sentis. La vortoj venas de si mem, la plumo tremas en liaj manoj... "La urbo dormetis en luma somera tago, kiam la eklipso alvenis. Senkulpe, sensuspekte iris-venadis la urbanoj antaŭ la malheliĝo, kies antaŭsignoj tamen ne maltrafis la atenteman rigardon de ESTONOJ..." – li skribas, enŝaltinte la lumon en la redaktejo, dum ŝvito humidigas lian ĉemiz-kolumon.

Dum minutkvino regis en la junia tago preskaŭ nokta mallumo. En la urbo kvazaŭ kaptita ĉe la freŝa faro, la trafiko haltis, la surprizita urbo aspektis dormanta, senkomprena.

Viglas nur la ekzilito, kun senlaca rigardo al la morgaŭo.

# Domo sen
## speguloj

de Simona Klemenčič
(el la slovena tradukis la aŭtorino)

Simona Klemenčič (1971) estas slovena lingvistino, verkistino kaj tradukistino, kreinta E-lernolibron (2015). Ŝia unua romano, *Hiša brez ogledal* (2022), temas pri nova glaciepoko en paralela estanteco. La edzino de elstara politikisto rakontas pri sia vivo en la nova, profunde kristana ŝtato, kaj pri sia fuĝo el tiu ŝtato, kiam ŝi malkovras, kion ŝi helpis krei. Sekvas fragmentoj en traduko de la aŭtorino.

*Simona Klemenčič en 2022. Fonto: Vikipedio*

**Aŭgusto**

(…)

Mi demetis miajn pantoflojn kaj eliris el la domo nudpiede. Ĉu estas aŭgusto aŭ ne? Sur la suna flanko la valerianelo ĝardena obstine kreskis sub la vitra kovrilo. Mi ekkaŭris kaj levis la kovrilon de la varianelo. Ĝi aspektis bone, la plantoj persistis malgraŭ la temperaturo dumnokte falinta sub la frostopunkton. Mi sidiĝis sur la frostiĝantan benkon apud la ĝardena bedo. Miaj nudaj piedoj palpis la restaĵojn de herbaro.

Ĉu ĉi tio estos nun mia vivo, Dio? Ĉu tiel mi pruvu mian fidon?

"Kreskos ja nenio. Vi estas malŝparanta tempon," la alta voĉo de mia najbaro Goričnik sonis scivola de la alia flanko de la barilo. Mi ektremetis. Kiom longe li jam staris observante min de tie?

"Ĉu vi bezonas valerianelon, najbaro?"

La malgranda, senhariĝanta viro kun elstara ventro grimacis:

"Nun estas la tempo por neĝi, ne por salato. Se vi bezonas unu paron da manoj por forŝoveli la neĝon, voku min."

"Ne estas hasto; la vintro ne venos ankoraŭ."

"Ho jes, ĝi venos," li konade kapjesis.

Dum mi estis revenanta al la domo, mi demandis min, kion li pensis, kiam li vidis min tian, kun nudaj piedoj. Mi estis kolera kontraŭ mi mem.

## Septembro

(…)

Krom la okaza aĉa komento de unu aŭ la alia el ni du virinoj, la vivo estis sufiĉe tolerebla, almenaŭ surface. Maca provis transpreni la regon, mi ne lasis tion, kaj mi estis disŝirita inter la sento ke mi preferus eskapi kaj kunpreni la infanojn per la unua disponebla aviadilo al mia onklino Ilonka en Aŭstralio, kaj inter la konscio ke Maca estas la patrino de ilia patro kaj do parto de ilia familio, kiu ankaŭ estas mia. Mi multe preĝis. Mi oferis miajn sentojn al la Sinjoro kaj vestis min iom pli varme, kiam ŝi ĉirkaŭiradis malantaŭ mi malŝaltante la termostaton. Mi ignoris la televidilon kiel eble plej mi povis.

Sed de fojo al fojo esti humila sentiĝis malfacila. Iun vesperon ŝi spektis filmon pri la sanga grafino Erzsébet Báthory, kaj poste dum la sekvaj tagoj ŝi daŭre rigardetis min akuze kaj malfideme.

"Kia nacio estas tiuj hungaroj, entute?" ŝi subite demandis al neniu aparte, dum ŝi estis fiksanta la tubon sur la polvosuĉilon. "Ili havas nenion komunan kun la ceteraj el ni ĉi tie."

Mi helpis la infanojn eltranĉi kartonajn glavojn kaj ŝildojn kaj instruis ilin: "Tio estas ni! Hungaroj! Horrrrdoj da terrrrurraj hunnnnoj kun la akrraj norrdaj ventoj ĉe nia dorso! Ni trrrinkos vian sanngon!"

Ili ĝuis rapidi ĉirkaŭ la domo kiel hunaj hordoj: "Tlllllinkos!" kriis Filip, saltante en la aeron, kun la kartona glavo dancanta mole en lia maneto.

## Oktobro

(…)

Oni disaranĝis min kaj la infanojn en unu ĉambron, dum Nino devis iri al la vira sekcio de la hospitalo.

"Kial mi estas malbone?" Astrid kuŝis en liteto kun barilo, ruĝa pro febro.

"Pro la papago," mi klarigis. "Tiu, kiu mortis. Ĉar ni kisis ĝin."

"Ĉu ankaŭ ni mortos?"

Ĉu ni kuŝos sur la planko kun kunpremitaj ungegoj, malpezaj kaj plumecaj? "Ne," mi diris ridete kaj karesis ŝian ŝvitan kapon. "Ni ricevos medicinaĵojn, kaj poste ni fartos bone kaj ni iros hejmen." Mi rigardis tra la fenestro al la konstruaĵo de la nova policakademio. Muskolaj junuloj en purpuraj ĉemizoj kaj pantalonetoj ekzerciĝis sur la neĝo, en la frosta vento. Junuloj kun lanugo kreskanta sur la lipoj, ili aspektis seriozaj, striktaj, ŝajnigante esti grandaj knaboj. La brilanta frosteto krakis sub iliaj piedoj. Ĉirkaŭ iliaj buŝoj flosis malgrandaj nuboj de spiro. La akraj ordonoj sonis perdiĝantaj en la mola blankeco. Sinrulo. Pendotiro. Krurdisigo. Ekkaŭro. Bustolevo. Puŝleviĝo. Strangaj vortoj, kiuj diras al mi nenion. Mi ankoraŭ ne eklernis tiun lingvon.

La patrina lingvo estas sankta.

La patrina lingvo, aŭ la patrino? Kiu do nun?


(...)

Dum kelka tempo mi nur restis staranta tie en la amara malvarmo kaj rigardis la glaciiĝintan draton. La kaĝo de mia papago, lia sekura, solida rifuĝejo estis malplena, morta, senŝirma.

Nino, vestita per vintra jako kaj trikita ĉapo, venis post mi kaj trenis min reen.

"Vi ne rajtas esti ekstere; vi ankoraŭ ne estas sana."

Mi tremis.

"Kie estas Oliver?" mi ekkriegis. "Kie estas mia papago?"

"Ĉu vi silentos jam!" siblis la maljunulinaĉo kaj kaptis mian tunikon. "Kion diros homoj?"

Ili puŝis min en la salonon.

"Forlasu tiun diablan teruran bildon," Maca provis preni ĝin el miaj manoj.

Mi ĵuras, ke mi povus sufoki ŝin per miaj nudaj manoj. Por la unua fojo en mia vivo evidentiĝis al mi, ke mi kapablas mortigi homon. Sed mi faris nenion. Mi apogis min al la muro kaj glitis sur la plankon. Mi forte tenis la bildon. Mi sentis, ke miaj okuloj pleniĝas de larmoj kaj kolero.

"Ĉu vi leviĝos?!" klakis Maca. "Mi viŝis ĉiujn murojn."

"Kien vi metis lin?"

Ŝi kunpremis la lipojn kaj rektiĝis. "Kio estas, tio estas," ŝi diris. "Ĉesu bruadi. Ĉio estas via kulpo. Miaj nepoj estis en hospitalo dank' al vi kaj via obstineco. Nun vi hurlas pro iu senplumigita birdaĉo. Kunmetu vin."

Ĉiuj kvar infanoj senparole staris iom for, rigardante min kun timo en la okuloj. Mi leviĝis.

"Mi daŭre ripetis al vi, ke vi ne alportu tiun aĉaĵon en la domon," Maca ne intencis rezigni. "Rigardu do nun, kion vi kaŭzis."

"Suzana, vi ja ne ploros pro ia papago. Vi ne estas infano." Nino kapneis nekredeme rigardante min.

"Kial?" mi plorsingultis. "Li ja ne estis malsana!"

Kio estas, tio estas.

---

**Novembro**

(...)

La flegistino klaĉis pri iu tra la telefono en lingvo, kiun neniu komprenas. Se mi komprenus la hungaran, mi sentus kvazaŭ estus Somermeza Nokto, Nino iam diris. Kaj Dejan iam komentis: tial ni estas tiel bone en akordo kun ili, ĉar ni ne scipovas kvereli.

La pordo de la malsanulejo tuj malfermiĝis denove malantaŭ mi. La doktorino Esterhazy diris al la flegistino Doris: "Mi faros nun paŭzon, dudek minutojn". Ŝi ne rigardis min, nur kapjesis en mia direkto. Sed la flegistino – ŝi rigardis min. Ŝi prenis sian tempon, pesante min, kaj poste ŝi turnis sin kvazaŭ mi ne estus tie kaj trankvile daŭrigis paroli.

"Kiam vi vidas la edzinon, ĉio estas klara. Ŝi estas la sama. Ĝuste sa-ma," ŝi emfazis. "Nur dudek jarojn pli juna." La voĉo ĉe la alia fino zumis ion reen.

"Ho, ne," diris la flegistino ridante. "Estas evidente, ke ŝi ne scias. Ŝi devas esti stultega."

Sekvis raporto pri tio, kiel iu renkontiĝas kun sia amantino, kaj kiel la amantino ne povas kaŝi sian feliĉon. La amantino estis doktoro Esterhazy, tio almenaŭ estis klara, ĉar la flegistino Doris rakontis al la virino ĉe la alia flanko de la telefono, kiel ŝi kaŝe trarigardis aĵojn de la doktorino dum tiu forestis pro medicina konsiliĝo. Mi sentis min malagrable, ke en mia ĉeesto iu ĉerpas plezuron el la doloraj detaloj de la vivoj de homoj, kiuj estas al mi fremdaj, sed samtempe estis tro interese por ne subaŭskulti. Mi malrapide pretigis min, surmetis mian kardiganon, butonumis mian mantelon, serĉis miajn gantojn. Estis iamanere trankvilige aŭdi, ke aliaj estas en pli malbona situacio ol mi, eĉ se ili mem tion ne scias.

Kaj, ĉu io mankas al vi? Maca diris de tempo al tempo, akuzante. Estis vero ankaŭ tio, ke nenio mankis al mi.

Nun, kiam mi rakontas ĉi tion, tuj estas klare, pri kiu la flegistino parolis. Tiam, mi staris tie kaj pensis: kompatinda virino, ŝi tute ne scias, ke ŝia edzo trompas ŝin. Eble mi diris al mi: mi tuj scius, se Nino mensogus al mi. Li malamas mensogon tro multe por ne perfidi sin. Eble mi rememoris tion, kion mia amikino Mirjam iam diris: la vero estas por tiuj, kiuj ne povas toleri mensogojn, kaj mensogoj estas por tiuj, kiuj ne povas toleri la veron.

"Granda amafero," diris flegistino Doris en la ricevilon, kun spureto da envio.

"Li skribis al ŝi leteron. Veran leteron kun koverto, poŝtmarkoj, rozkolora papero. Ŝi ne povas ĉesi tralegadi ĝin."

La imagoj ekkirliĝis en la aero kaj falis unu post la alia sur la plankon, kie, formita el ili, aperis bildo.

/.../

Flegistino Doris lekis siajn dikajn lipojn. Ŝi ĝuis sian bravecon, ĝojante pri sia venko. Ŝi sidis antaŭ la edzino de karantania senatano kaj parolis la lingvon de la plej bonaj homoj: Erzsi mama, avo Pál. Ŝi parolis pri sange doloraj aferoj, feliĉe konvinkita, ke estas neniu en la proksimo, kiu povus kompreni. Fine ŝi remetis la telefonon kaj rigardis min kvazaŭ senkulpe. Ŝi leviĝis kaj tiris la paperfolion el la komputila presilo.

"Jen, por vi," ŝi diris kun densa akĉento, tenante la folieton. Mi rektigis mian dorson kaj levis mian kapon kvazaŭ mi estus naĝanta al la surfaco. Ne forgesu, kiu vi estas! diris en mi la voĉo de mia bopatrino.

Mi direktis grandegan rideton al la flegistino.

"Remélem, hogy nem volt túl nehéz Önnek," mi respondis. Mi esperas, ke tio ne estis tro malfacila por vi.

Flegistino Dorisz rigardis min sen ia ajn esprimeto. Estis kvazaŭ ŝia vizaĝo flosis en la aero kiel malbone ŝveligita balono. Poste, ŝiaj okuloj larĝiĝis. La karnomaso ekstremis. Ŝi leviĝis de malantaŭ la plasta skribotablo kaj stumblis. Ŝi kaptis sin je la ŝranko. Kion ŝi diris tiam en la hospitalo? "Se oni maldungos min el mia laboro, kion mi faru? Mi preferus pendumi min mem ol esti resendita."

(...)

Mi kliniĝis malantaŭen.

"Nun mi komprenas, kial Nino postulis, ke la infanoj lernu la francan."

"Nu, li ne prenos ilin al Kanado, pri tio vi povas certi. Tie restas nenio. Glacio."

"Mi foriros," diris mi serioze.

"Kien vi iros? Kun kio vi travivos?"

"Li ja estas devigita pagi alimenton."

"En kiu mondo vivas vi? Tio nun estas for. La familio apartenas kune. Ili povas devigi vin. Ili forprenas viajn dokumentojn, viajn infanojn. Por tio ja vi batalis, vi kaj la viaspecaj."

Mi kunpremis la lipojn. "Mi volis, ke ni havu verajn valorojn."

"Kaj nun vi havas ilin." Ŝi trinketis el la taso, rigardante min super la rando.

/.../

Mirjam ĵetis al mi kompatan rigardon.

"Vi devus pripensi, kion oni povus fari al vi mem. Demandu vin, ĉu vere estas nenio, kio povus meti vin en problemojn. En konfesejoj foje estas mikrofonoj, se vi ne sciis." Mi pensis pri Dejan, pri Patro Matej. Sed mi neniam faris ion eraran. Ŝi observis min serioze.

"Estas bone, ke vi kontaktis min. Vi estas proksime al la supro, eble vi povas esti utila. Mi esperas, ke vi ne havas tiun fekon sub via haŭto."

Mi kaptis mian brakon kvazaŭ por protekti ĝin. Ŝi kliniĝis antaŭen. Ŝi prenis mian pojnon kaj tiris la manikon de la tuniko supren. La buleto klare videblis sub la haŭto de mia antaŭbrako. Ŝiaj okuloj renkontis la miajn.

"Kial?"

"Por ke li sciu, ke li povas fidi min," mi diris kaj tiris mian manikon malsupren.

(...)

"Oni povas aŭdi onidirojn, ke la senato elektos vin kiel la venontan prezidanton de la Unio."

Nino ridetas kiel homo, kiu neniom zorgas pri klaĉo. Li malfermas siajn grandajn, potencajn manojn. Ĉi tiuj estas manoj, kiuj inspiras fidon. Jen, mi tion faru, li diris kiam ajn mi rezignis je provado malfermi kruĉon da ruĝa beto aŭ acida rapo, kaj li elprenis ĝin de mia mano. Li apenaŭ tuŝis la kovrilon kaj ĝi faris la sonon de submetiĝo. Homoj diris: Atendu, ĝis Rifnik regos. Li ordigos la aferojn.

TRADUKITA PROZO

"Mia granda deziro estas labori por la avantaĝo de ĉiu civitano. Se tio montriĝas la plej bona maniero por tion fari, tiam tiu estas la vojo, kiun mi sekvos."
Tra la ekrano flugas la subtekstoj de la samtempa traduko al la lingvoj de la Unio.
*Halandzsa.* Bla-bla-bla.

"Kion signifas prezidanto, panjo?"
"La plej grava viro en la tuta lando," klarigis la avino. "Ĉiuj devas obei lin. Kvazaŭ reĝo."
"Ĉu paĉjo estos reĝo?" tuj demandis Astrid kun larĝaj okuloj.
"Jes…" diras la reĝa patrino ridante. "Li fakte povus iĝi. La reĝo de Karantanio."
La nura vera reĝo, kiun vi iam havis, estis hungaro, mi pensas.

"Familio," diras senatano Rifnik.
Kaj: "Ordo."

(…)
La vento puŝas sian vojon en la purpurajn faldojn de la mantelo. Jam estas glaciiĝinta la vojo, la blondulino Katriina kun kavetoj en la vangoj kaj mi dummarŝe glitas iomete.
"Kien vi iras? Ni luas ĉambron en la proksimeco de Parko Tivoli, sed tio estas nur por nun, ni serĉas ion konstantan."
Ĉi tiu estas la mondo, en kiu ŝi volas kreskigi siajn infanojn. Sen interreto aŭ televido, sen la danĝeroj de antaŭe. En la mondo, kie estas klare, kio estas ĝusta kaj kio ne.
Ŝi aspektas feliĉa kaj delikata.
"Do ni iru kune."
Ŝi prenas mian brakon, kvazaŭ ni konus unu la alian jam delonge. Ŝi babilas kaj babilas.
"Ĉu vi scias kiom malmulte da katolikoj estis antaŭe en Finnlando? Malplej en Eŭropo. Nulo komo du procentoj. Antaŭ ol ekmalvarmiĝis, ni du translokiĝis al Kuopio por esti proksime de la preĝejo."
"Kia estas Finnlando nuntempe?"
"Finnlando ne ekzistas plu. Nur kelkaj minejoj funkcias ankoraŭ."

Simona Klemenčič

91

**Decembro**

*(...)*

Mi mordis mian lipon kaj observis lin. Li parolis turninte sin al la muro, suprenigis iomete la ŝultrojn, kun la manoj ne kunpremitaj, movante la kapon. Por unu mallonga momento la interparolo ĉe la tablo ĉesis.

"Ili observas vin!" mi vekiĝis.

Ĉiu scias, diris flegistino Doris. Ĉu ĉi tiuj homoj sciis? Ĉu li kunportis ŝin al Varsovio? Ili ĉiuj scias, sed eĉ unu persono ne alproksimiĝis al mi por diri ion al mi.

En unu el tiuj tagoj Mirjam diris al mi: "Ne trodramigu! Ne provu reverki nun la historion de via pasinteco, en kiu li estas la plej granda kanajlo kaj mensogulo, kaj vi estas la plej granda viktimo. Al vi mankas nenio. Li donas al vi ĉion, kion vi deziras."

Mi senkulpigis min kaj iris kaŝi min en la necesejoj, kie longa muro el speguloj en arĝentaj kadroj brilis super la lavpelvoj.

Maldikiĝinte, nun mi eĉ pli similis al Julija.

Estis kvazaŭ ŝi rigardus de la alia flanko, kvazaŭ ni starus ĉi tie, la bonkora ĝemelo kontraŭ la malvirta ĝemelo, kun siaj verdaj okuloj borantaj en miajn verdajn okulojn.

"Spegulo, spegulo, sur la muro, kiu estas la pli bela?"

Mi atente observis la palan vizaĝon, la larĝ-okulan rigardon.

"La veron, spegulo?"

Nino forte frapis la pordon.

"Ĉu vi estas tie? Ni foriras." Lia voĉo estis kiel ordono.

"Kien? Ili eĉ ne alportis la kukon."

"Mi klarigos al vi ekstere. Lavu viajn manojn."

"Kio okazas?"

"Tuŝu nenion kaj restu kiel eble plej malproksime de homoj."

Li preteriris min kaj nervoze frotis siajn manojn per sapo en la marmora lavpelvo.

"La edzino fartas malbone," li diris al la homoj ĉe la tablo. Inter vokoj de "Certe vi ne jam foriras!" kaj "Ni pagos meson por ke estu alia filo", ni rapidis al la garaĝoj. Li dolore premis mian antaŭbrakon.

"Kio okazas, Nino? Ĉu al iu el la infanoj estas malbone?"

"Ne al la infanoj, sed al ĉiuj. Al ĉiuj homoj. Estas io malĝusta kun la tuta fika mondo. Io en la aero. Homoj falas kiel muŝoj."

"Kion vi volas diri?"

"Ili mortas, diable!" Li malfermis la pordon de la Pigmaliono. "Homoj estas mor-tant-aj, Suzana! Pluraj miloj mortis jam kaj neniu scias, kial."

"Kiu mortis? Kie?"

Kiel mi ne tuj komprenis lin, mi demandas min nun. Kiel mi ne tuj sciis, kion signifas la malvarmaj lagoj da korpoj?

"Ne, ne estas iu veneniĝo. Gravegas," li diris en la aeron antaŭ si, fikstenante la stirilon. "Tio ĉi ne estas nur paniko."

La radio avertis pri fortaj ventoblovoj, kiuj plifortiĝos dum la nokto. Estis kvazaŭ la vento klopodus movi la pezan aŭton tien kaj reen.

Kvankam mi hontas, mi konfesos al vi la unuan aferon pri kiu mi tiam ekpensis. La pesto, mi diris ene, tio signifas la infektoklinikon. Doktorino Esterhazy havos manojn plenajn je laboro. Nun ŝi ne havos tempon por enmiksiĝi en la la familiojn de aliaj homoj. Eble ŝi mortos.

Tion mi volas por Kristnasko, mi preĝis survoje hejmen. Ke Julija mortu. Nur tion.

(...)

La vento eniris la domon pere de pikoj de malvarmo.

"Kien vi pensas, ke vi iras?" ekkriis Maca. Mi frapfermis la pordon malantaŭ mi.

Mi kuris laŭ la Vojo de Maria, kiu iam nomiĝis la Vojo de Memoro kaj Kamaradeco.

Kie li estas? Kion ili faris al li?

Kiel mi povus esti tiel stulta?

*Ni parolas pri vi nun, ne pri mi, Žuži.*

Informanto, membro de iu ĉelo konspiranta kontraŭ la ŝtato, spiono. Estas Anton Rifnik, kiu interesas lin. Ne miaj infanoj. Ne mi, Suzana.

Estis mi, kiu malkaŝis al li pri la magazenoj en la Kavo de Postojna! Kion alian mi rakontis al li? Ve Dio! Mia cerbo sentiĝis kvazaŭ frostiĝinta. Eble ĉio estis ia miskompreno, eble li vokos min, atendos min malantaŭ la domo, por ke mi ŝteliru kun la infanoj preter Maca al lia aŭtomobilo, ni veturos al la flughaveno kaj forflugos kune. Eble la polico ĉasos nin, kun siaj sirenoj bruegaj, sed estos tro malfrue. Liaj kamaradoj blokos la policon antaŭ la flughaveno kaj Dejan rakontos al mi, ke ekde la komenco ĉio estis nur ludo, zorge antaŭplanita, destinita nur por savi min. Mi estos lia por ĉiam.

(...)

Kiam mi denove trapasis la ĉefan enirejon en la frostan vesperon preter la maldika figuro de Pastro Viljem, vestita en kapoto kaj kun la manoj ĉirkaŭantaj lian korpon pro la malvarmo, li dekroĉis sin de la homamaso. Mi vidis lin el angulo de okulo.

Certe li ne sekvas min? mi pensis nervoze. Mi rapidigis mian paŝon.

Sur mia alia flanko, iu decide kaptis mian brakon. Mi bruske turnis min. Estis la fortika Patro Mihael, kiu en sia robo memorigis japanan luktiston. Ambaŭ figuroj troviĝis apud mi: Mihael je unu kaj Viljem je la alia flanko. Mi senparole iris daŭre antaŭen kun ili. Viljem direktis min per sia mano al la paroĥa domo, kie la alta kaj bonhumora Matej sidis ĉe la flava skribotablo trinkante kamomilan tizanon. La granda ĉambro odoris je mielo kaj citrono.

"Dio estu kun vi, Suzana," li diris per amika voĉo kaj invitis min per manmovo: "Sidiĝu!"

Mi restis staranta.

Viljem kaj Mihael sidiĝis sur la ruĝajn remburitajn seĝojn ambaŭflanke de la pordo.

Matej rigardis min malgaje, dum li kirlis sian tizanon per arĝenta kulereto. La metalo tintis agrable kontraŭ la porcelano.

"Ve, Suzana." Li balancis la kapon.

"Kio, patro Matej?"

Li malfermis tirkeston kaj prenis el ĝi malgrandan nigran butonon, kiun li sekve metis sur la skribotablon.

"Sidiĝu, sidiĝu," li invitis min denove. Mi eksidis.

Per la fingropinto li tuŝis la aparateton sur la skribotablo kvazaŭ ludante per ĝi. Liaj ungoj estis tonditaj ekstreme mallongaj.

"Vi ne estis tute sincera, ĉu, Suzana?"

Mi diris nenion. Matej malgaje balancis la kapon. Li estis seniluziigita pri mi.

"Vi ne diris al mi pri Dejan Rejec."

"Kion pri li?"


(...)

Mi volis telefoni al Nino, por diri al li.

Mi volis telefoni al Dejan, por diri al li.

Mi apogis min al la rando de la lavpelvo kaj kun mia menso malplena rigardis la gutojn falantajn el la krano. Mi ne estis mortonta. Ne tute. La du viroj, al kiuj mi fidis – kiom ili perfidis min!

La tuta Lakta Vojo kliniĝas al sia malluma flanko. Vi ne povas sidi kaj atendi, ke iu alia riparu vian mondon por vi. Grati, tiri, elfosi ĉion. Kaj kio restas? Se mi decidiĝos al batalo, mi estos sola. Tute kaj tute sola. Kontraŭ ĉiuj. Neniu staros apud mi.

Mi ankoraŭ tenis en la manoj la malgrandan rondan spegulon de Oliver kun ĝia rozkolora plasta kadro. Mi movis ĝin tiel ke ĝi reflektis unu parton de mia vizaĝo, kaj poste la alian. Mia vizaĝo estis hela unuflanke, malhela aliflanke.

Tien-reen. Tien-reen. Kvazaŭ mi estus ludanta ŝakon kontraŭ mi mem.

Foje mi estas la blanka reĝino, foje mi estas la nigra reĝino.

La nigra-purpura-blanka reĝino.

La turo.

Peonino.

(...)

Tiam venis de la estraro nova mesaĝo al la civitanoj. Ĝi estis tiel grava, ke ĝi estis elsendita el la ĉefa studio en Pollando.

"Dekreto de la Senato de la Kristana Unio: por la rajto de trans-irado de la limoj de la Kristana Unio virinoj de ĉiuj aĝoj devas pagi kaŭcion de cent mil talantoj; viroj de ĉiuj aĝoj pagas kaŭcion de kvindek mil talantoj. La dekreto ekvalidas tuj."

Jadviga, Astrid, Filip, Julijan, mi. Kvarcent mil talantoj. Kiom da mono mi havis kaŝitan en la ludilo-kolombo?

"Kial vi faris tion?" Mi demandis Nino'n, kiam li vespere venis el sia oficejo. La infanoj ĵetis sin sur lin.

"Por ke vi ne forkuru de mi," li diris ludeme kaj ĵetis Filipon en la aeron, kaj Filip ekridis kiel tintantaj sonoriloj.

(...)

"La senatano Rifnik estas mia edzo."

Li mallerte retropaŝas.

"Kaj elprenu tiun maĉgumon el via buŝo."

La virino rektiĝas, kaj ŝi elkraĉas en mia direkto. Ŝia kraĉaĵo kraketas en la aero.

Ili ĉirkaŭas ŝin.

"Dokumentojn!" diras al ŝi tiu kun la belaj okuloj. Lia voĉo rompiĝas kiel tiu de knabeto.

Mi iras, mi ne rigardas malantaŭen. La voĉoj perdiĝas kun la vento.

Mi aŭdas: "Nigro estas la koloro de la diablo."

Kaj: "Sur viajn genuojn!"

Malantaŭ mi mi aŭdas pafon, kiun sekvas silento, kaj tiam mi aŭdas senspiran voĉon, kiu transdonas admiron. Ĉi tiu voĉo estis pli profunda. Mi pensas, ke ĝi diris:

"Frato, vi fakte pafis ŝin."

Mi ne rigardis. Mi rigardis pingvenidon vagi perdite en la strato kaj mi ne turnis min. Eble ĝi estis serĉanta sian panjon.

Tio estus bona bildo por afiŝo. Suzana paŝas laŭ la glacia strato Ĉop, malantaŭ ŝi sekvas la strangaj trupoj, kiuj en la malklara distanco kreskas en armeegon. En la fono de la bildo Kristnaskaj lumoj lumigas la silueton de la pendumito, kaj sur la tero ni vidas la korpon de virino kun sango elfluanta el ŝia kapo. Suzana rigardas malantaŭen en zorgo, ŝi fuĝas, sed la armeo sekvas tien, kien ŝi kondukas. Ŝiaj vangoj estas rozkoloraj pro la malvarmo kaj ŝiaj okuloj pli verdaj ol ili estas en la realo. Ŝi aspektas bela en sia purpura mantelo.

Budapeŝto, 1956. Foto: Fortepan. Fonto: Vikipedio

# Trans la nebulo
## Imaga sonĝo de Puccini

de Luiza Carol

La teatraĵo imagas la lastajn tagojn en la vivo de la fama itala komponisto Giacomo Puccini [*ĝakomo puĉini*] (1858-1924). Tiutempe la fama komponisto troviĝis en Bruselo, enhospitaligita pro sia evoluanta kancero ĉe la gorĝo. Ĝis la fino de sia vivo, Puccini laboris por sia lasta opero, *Turandot*, kies libreton verkis Giuseppe Adami kaj Renato Simoni. La teksto de la libreto baziĝas sur malnova parsia fabelo. La komponisto forpasis en la hospitalo, pro koratako. Li lasis la lastan scenon de la lasta akto nefinita. Tamen, Puccini ja finis malneton por tiuj lastaj minutoj de la opero. La orkestradon kaj kelkajn detalojn de tiu lasta parto aldonis la komponisto Franco Alfano post la forpaso de Puccini.

Tiu ĉi teatraĵo enhavas kvin rolulojn, kaj ĉiu el ili aliformiĝas dum la sonĝo de la maljuna, malsana Puccini.

Kalaf, Turandot' kaj la tri ministroj de Ĉinio estas fikciaj roluloj de la opero *Turandot*. La Flegistino/Feino kaj la tri amikoj de Puccini estas fikciaj roluloj elpensitaj speciale por tiu ĉi teatraĵo.

## ROLULOJ

1. **MALJUNA PUCCINI** – la fama komponisto, 66 jarojn aĝa, je la fino de sia vivo. En sia sonĝo, li identiĝas unue kun si mem 40 jarojn pli juna (**JUNA PUCCINI**), poste kun la princo **KALAF** (protagonisto de la opero *Turandot*).

2. **FLEGISTINO** – dungito en hospitalo de Bruselo. En la sonĝo de MALJUNA PUCCINI, ŝi fariĝas **FEINO** de la nebula sonĝa mondo, kiu poste fariĝas **TURANDOT'**, ĉina princino, protagonisto de la opero *Turandot*.

3. **ĜINI** – amiko de MALJUNA PUCCINI. En ties sonĝo, li fariĝas la ĉinia ministro **PING**, rolulo de la opero *Turandot*.

4. **ĜANI** – amiko de MALJUNA PUCCINI. En ties sonĝo, li fariĝas la ĉinia ministro **PANG**, rolulo de la opero *Turandot*.

5. **ĜONI** – amiko de MALJUNA PUCCINI. En ties sonĝo, li fariĝas la ĉinia ministro **PONG**, rolulo de la opero *Turandot*.

[**KELNER(IN)O** – senvorta rolo]

# SCENO 1:
## Kafejo en Milano

*Ĝini kaj Ĝani sidas ĉe tablo trinkante kafon. Aperas Ĝoni.*

**ĜINI:** Hej, Ĝoni, venu ĉi tien!

**ĜONI:** Saluton, Ĝini! Saluton, Ĝani! *(al preterpasanta kelnero/ kelnerino)* Bonvolu, ankoraŭ unu kafon. *(al siaj amikoj)* Ĉu iu el vi havas novaĵojn pri s-ro Puccini? *(li sidiĝas ĉe la tablo)*

**ĜANI:** Ĝini ĵus renkontiĝis kun iu parenco de s-ro Puccini, kiu ricevas novaĵojn pri li.

**ĜONI:** Kaj kion vi eksciis, Ĝini? Ĉu oni vere kuracos la kanceron de s-ro Puccini en Bruselo?

**ĜINI:** Bedaŭrinde, la kuracistoj ne povas venki lian kanceron. Ili klopodas tamen mildigi liajn dolorojn... kaj eble plilongigi lian vivon iomete...

**ĜONI:** Ĉu li estas konscia?

**ĜINI:** Jes. Kiam li vekiĝas, li estas plene konscia. Sed li dormas dum multaj horoj, pro la medikamentoj. Li uzas preskaŭ ĉiun sian energion laborante por la lasta akto de sia lasta opero, *Turandot*.

**ĜANI:** Ho, mi supozas, ke estos majstroverko tiu opero... Ĉu li povos fini ĝin?

**ĜINI:** Ne eblas scii. Li diris, ke la opero havos tri aktojn. Kiam mi parolis kun li la lastan fojon, li estis jam plene fininta la unuajn du aktojn kaj preskaŭ la tutan unuan scenon de la lasta akto. Sed de tiam li daŭre laboris, do mi supozas ke nun li estas ege proksime al la fino.

*(La kelner(in)o alportas kafotason kaj Ĝoni dankas lin/ŝin.)*

**ĜONI:** Ĉu iu el vi legis la libreton de *Turandot*?

**ĜINI:** Mi ne legis ĝin. S-ro Puccini rakontis ĝin al mi per nur kelkaj frazoj. Sed li petis, ke mi ne malkaŝu la sekreton, por ke la spektantoj havu surprizon okaze de la unuafoja prezentado...

**ĜANI:** Ha, ha! Ankaŭ de mi li petis la samon!

**ĜONI:** Ha, ha! Kiam mi renkontiĝis kun s-ro Puccini la lastan fojon, li konfidis ankaŭ al mi kelkajn informojn pri la libreto.

**ĜINI:** Do, neniu el ni legis la libreton, sed ni ĉiuj havas ĝeneralan ideon pri ĝi, ĉu ne? *(paŭzeto, dum kiu ili trinkas kafon)* La lastan fojon kiam mi renkontis s-ron Puccini, oni ankoraŭ ne malkovris lian kanceron. Mi proponis, ke li ŝanĝu la finan parton de la libreto. Mi proponis, ke ĉe la fino Kalaf mortigu Turandoton kaj poste forfuĝu malproksimen. Tiel Kalaf savus la popolon de la monstra princino, kaj la libreto fariĝus multe pli realisma. Li diris tiam, ke li pripensos tiun ideon. Li mem havis kelkajn dubojn pri la fino.

**ĜANI:** Ankaŭ al mi ŝajnis tro malrealisma la fino de la libreto. Ankaŭ mi konsilis al li ŝanĝi ĝin. Mi proponis, ke Kalaf instigu la popolon ribeli kaj forpeli la imperiestron kune kun ties familio. Sed s-ro Puccini ŝajnis preferi la originalan fabelan finon, laŭ kiu la amo de Kalaf varmigas la koron de Turandot' kaj aliformas ŝin en amindan estaĵon... Tio ŝajnas al mi iom stranga. Mi kredas, ke por la unua fojo s-ro Puccini ne elektis versimilajn protagonistojn. Liaj operoj ĉiam prezentas averaĝajn homojn, kun fortaj emocioj...

**ĜONI:** Vi ne pravas, Ĝani. Lia unua opero, *La feoj*, havis fabelan libreton. Tie la protagonisto estis venkita kaj mortigita de la malicaj *villi*, la venĝemaj spiritoj de la lago...

**ĜANI:** Ĉu venĝemaj spiritoj? En iu opero de Puccini? Venĝemaj spiritoj? Mi ne konas tiun operon...

**ĜINI:** Ankaŭ mi ne.

**ĜONI:** Ĝi estas tre bela. Ŝajnas ke, en sia lasta opero, s-ro Puccini denove obsediĝas pri malicaj spiritoj. Li volas, ke lia protagonisto finfine venku la venĝeman spiriton, kiu estis kaptinta la koron de la princino Turandot'... Mi renkontis s-ron Puccini, ĝuste antaŭ lia foriro al Bruselo, kiam li jam baraktis kontraŭ la kancero. Li diris, ke li planas grandiozan himnon al amo por la fino de *Turandot*. Tiun himnon kantos granda koruso, tuj post kiam la amo de Kalaf forpelos la venĝeman spiriton el la koro de la princino... Li diris, ke eble la himno ripetus per aliaj vortoj iun belan melodion, per kiu Kalaf esprimas sian esperon, ke li konkeros la amon de la princino. Li jam komponis tiun melodion en la komenco de la tria akto. Sed li ankoraŭ ne estis certa, ĉu li reuzos ĝin ĉe la fino.

**ĜINI:** Aha, mi komprenas. Do Kalaf kantos arion pri espero, kaj ĉe la fino la koruso prikantos la realigon de lia longa espero: la venkantan amon.

**ĜANI:** Brila ideo... La ripeto de la sama melodio sentigos ligon inter la espero kaj ĝia mirakla realiĝo...

**ĜONI:** Tamen mi proponis al li, ke li dediĉu tian himnon al la bona kaj fidela servistino Liu, kiu ja amis Kalaf. Mi pensas, ke nur ŝi meritus tian omaĝon. Sed s-ro Puccini ne ŝajnis akcepti mian ideon. Mi iel sentas, ke nun li volas venki la malican spiriton, kiu kaptis la princinon, samkiel li strebas venki la kanceron, kiu kaptis lin mem... Kaj la plej bela venko ne estas mortigi la malbonon, sed aliformi ĝin en bonon... Tial li aliformas kanajlan princinon en bonkoran virinon kaj aliformas siajn suferojn en muzikon....

ĜINI: Nu, s-ro Puccini estas geniulo. Li certe faros fascinan operon...

ĜANI, ĜONI: Jes, jes...

ĜINI: Mi tamen dubas ĉu bonas por lia sano tiom da laciga laboro. Li estas malforta nun; troa laboro povus kaŭzi al li koratakon...

ĜONI: Aliflanke, ĝuste tiu entuziasma laboro donas al li kialon por vivi...

ĜANI: Ho, mi kredas ke, ĉiuokaze li estas kreanta majstroverkon nun...

ĜONI, ĜINI: Jes...


**SCENO 2:**
**Hospitala ĉambro en Bruselo**

*Maljuna Puccini kuŝas en lito, vestita per piĵamo. Flegistino en blanka kitelo injektas medikamenton en lian brakon.*

FLEGISTINO: Paciencu... paciencu, s-ro Puccini... Viaj doloroj malaperos iom post iom... Vi tute forgesos viajn dolorojn... Vi eniros la nebulan mondon de sonĝoj... Havu belajn sonĝojn, s-ro Puccini... Ĝis baldaŭ, s-ro Puccini... *(ŝi eliras)*

*Maljuna Puccini ekdormas kaj sonĝas. Aperas nebulo en la hospitala ĉambro. (Oni povus realigi ĝin pere de blua lumo, eventuale kune kun nebulmaŝino.) En la nebulo, subite videblas Feino. Ŝi estas la Flegistino, kiu surmetis travideblan longan helbluan robon sur la blankan kitelon. Maljuna Puccini malaperis. Lin anstataŭas Juna Puccini, kiu surmetis elegantan ĉapon kaj mantelon sur la piĵamon.*

FEINO: Hej! Bonvenon, brila sorĉisto!

JUNA PUCCINI: Bonan tagon, sinjorino. Sed mi estas nek brila nek sorĉisto! Kie mi troviĝas? Mi... konas vin de ie... sed mi ne plu memoras de kie...

FEINO: Vi estas juna komponisto, ĉu ne? Vi ĵus komponis vian unuan operon, ĉu ne?

JUNA PUCCINI: Mi ja estas komponisto. Kaj jes, mi ĵus verkis *La feojn.* Sed de kie vi scias tion? Kaj kial...

FEINO: Mi scias, ĉar mi estas Feino. Mi estas la Feino de via nebula mondo. Sed ne timu, mi ne estas malica kaj venĝema. Ankoraŭ ne!

JUNA PUCCINI: "Ankoraŭ ne"?! Kial vi diras "ankoraŭ ne"?

FEINO: Ĉar bedaŭrinde, mi ja fariĝos malica kaj venĝema. Sed tio okazos aliloke, trans la nebulo. Pormomente, ĉi tie, mi ankoraŭ estas mi mem. Kaj vi ankoraŭ estas tre juna komponisto, vi estas en la komenco de via kariero. Vi havos longan brilan karieron, Giacomo... Aŭskultu min atente. Mi havas nur malmultan tempon. Mi petegas vin ne plu forgesi min. Provu memori kion mi diros al vi.

**JUNA PUCCINI:** Ho... Mi ne plu forgesos vin. Mi de longe sentas, ke iu mankas al mi... Estis vi... Vi... Mi ofte sonĝis pri vi... Mi ofte sopiris pri vi...

**FEINO:** Foje ni amis unu la alian en tiu ĉi nebula sonĝa mondo... antaŭ tre longe... sed vi forgesis... Ekstere, trans la nebulo, homoj forgesas ĝuste la plej gravajn aferojn de siaj vivoj... Ĉi tie la tempo vaporiĝas... la spaco vaporiĝas... nur tre fortaj kaj sinceraj sentoj konserviĝas...

**JUNA PUCCINI:** Jes... jes... Nun mi rememoras... Fakte, vi estas mia ĉiama amo... mia unika amo...

**FEINO:** Aŭskultu atente, Giacomo. Vi ja estas sorĉisto, sed vi ankoraŭ ne konas ĝisfunde la enorman sorĉokapablon de via talento pri komponado. Iom post iom, via pasia laboro plifortigos tiun talenton. Se vi vere amas min, provu ne forgesi min, post kiam vi vekiĝos tie, trans la nebulo. Provu savi min, kiam vi renkontos min denove. Vi estas mia sola espero por ke mi reiĝu mi mem. Uzu vian sorĉan muzikon por savi min. Nur vera profunda amo povos savi min.

**JUNA PUCCINI:** Savi vin? De kie? De kio? De kiu?

**FEINO:** Venĝema spirito atakis min. Ĝi ĵus mordis min. Ĝia veneno invadas mian sangon kaj baldaŭ kaptos mian koron, ĝis ĝi frostiĝos. Mi forgesos, kiu mi estas, mi fariĝos kruela monstro. La venĝema spirito kaptas iom post iom mian tutan korpon. Mi sentas tion. Se vi vere amas min, venku tiun monstron kiam ni renkontiĝos denove tie, trans la nebulo... Fandu tiam la glacion, kiu premos mian koron... Ne forgesu min... Vi estas mia sola espero... *(La eĥo ripetas la vorton "espero")*

**JUNA PUCCINI:** Vi estas mia espero...

**FEINO:** Pro via amo degelos mia sango... *(La eĥo ripetas la vorton "sango")*

**JUNA PUCCINI:** Degelos via sango...

**FEINO:** Ne forgesu min... Mi fidas je via amo... *(La eĥo ripetas la vorton "amo")*

**JUNA PUCCINI:** Mi fidas je via amo...

*(La feino malaperas en nebulo)*

---

## SCENO 3:
**Imperiestra palaco en Ĉinio**

*La dua parto de la sonĝo. Juna Puccini surmetis orient-stilan mantelon kaj fariĝis Kalaf, la eksa princo de Tatario. Ĝini, Ĝani kaj Ĝoni surmetis ĉinajn ĉapojn kaj fariĝis Ping, Pang kaj Pong, la tri ministroj de Ĉinio.*

**PING:** Aŭskultu min, fremdulo. Liberigu viajn pensojn de Turandot'. Ŝi estas kruela monstro, kiu hipnotigas siajn viktimojn. Ŝi hipnotigis ankaŭ sian patron, la Imperiestron, tiel ke li plenumas nun ĉiujn ŝiajn frenezajn dezirojn. Turandot' estas superhoma estaĵo, ne venkebla per homaj kapabloj. Provu rezisti ŝian hipnotan influon.

**KALAF:** Ne. Ŝi estas la Feino de miaj revoj. Mia destino estas fandi la glacion, kiu kaptis ŝian koron.

**PING:** Tio ne eblas. Multaj princoj enamiĝis al Turandot' samkiel vi. Ŝi de longe postulas de la princoj kiuj volas edzinigi ŝin, ke ili solvu po tri enigmojn. La puno pro unu sola erara respondo estas senkapigo! Neniu sukcesis ĝis nun diveni ĝuste ŝiajn ekstravagancajn enigmojn. Kaj falas princaj kapoj unu post la alia... Rezignu pri viaj nerealismaj revoj. Forfuĝu el tiu ĉi malbenita lando...

**KALAF:** Mi ne forfuĝos. Mi ja aliformos tiun monstron. Mi savos la princinon de ŝi mem.

**PING:** Se vi havas superhomajn kapablojn, se vi estas sorĉisto, tiuokaze mortigu la monstron kaj forfuĝu.

**PANG:** Ne aŭskultu, kion diras Ping. Ne iru for, princo. Restu ĉi tie, mortigu la monstran princinon kaj savu nian popolon de ŝi. La popolo iel kutimiĝis distri sin spektante la pompajn senkapigojn, kiujn ŝi ordonas. Tiaj spektakloj venenas la animojn de la homoj. Malico kaj krueleco disvastiĝas en la tuta lando, kiel kontaĝa malsano. Homoj komencas konduti kiel bestoj, pro ŝia fia influo. Ĉu vi ne rimarkis, per kia malpacienco la popolo alvokas la ekzekutiston? Turandot' diras, ke ŝi venĝas iun praavinon. Sed fakte ŝi nur semas venĝon kaj malamon en la homajn korojn. Ŝi frenezigas homojn. Savu la homojn de tiu monstro, princo, kaj ni proklamos vin imperiestro!

**KALAF:** Mi ne mortigos ŝin. Turandot' estas la espero de mia tuta vivo. Mi sentas mian sangon ekvarmiĝi kiam mi pensas pri ŝi.

**PANG:** Do ne pensu pri ŝi. Pensu pri la fidela servistino de via patro, la kompatinda Liu, kiu ĉiam amis vin sincere. Ŝi vere meritus vian amon.

KALAF: Ne. Mia destino estas ami la princinon Turandot'. Mia destino estas aliformi monstron en bonkoran Feinon, kapablan resanigi la tutan etoson de tiu ĉi lando. Mia amo liberigos ŝin de tiu monstro, kiu kaŝiĝas en ŝia korpo.

PANG: Vi havas nerealisman celon. Neniu iam ajn realigis ion similan.

KALAF: Mi ja realigos tion, ĉar mi uzos la sorĉan kapablon de mia muziko.

PANG: Sed sorĉoj okazas nur en fabeloj...

KALAF: Vi pravas. Homoj ja bezonas la nebulan mondon de fabeloj, bezonas revojn, idealojn... Sen revoj, oni ne povos plibonigi la mondon... Mi sentas memfidon en mia koro. Mi sentas ke ĝuste nun, proksime de la vivofino, mi jam kapablas verki por Turandot' grandiozan himnon pri amo...

PING: Ni aŭskultu ankaŭ la opinion de Pong.

PANG: Jes, ni aŭskultu ankaŭ la opinion de Pong.

PONG: Nu, mi pensas ke indus dediĉi himnon pri amo al la pura kaj bonkora Liu... Ne indus komponi ĝin por tiu kanajla glacia princino...

KALAF: Jes, indas. Ĉar ĝi ne signifos nur amon inter viro kaj virino. Ĝi signifos homan amon al boneco kaj justeco. Ĝi signifos la homan deziron venki la malicon kaj kruelecon, kiuj venenas nian vivon... Ĝi signifos la venkon de bono super la malbono... Tiun himnon kantos grandioza koruso, kiun partoprenos nobeloj kaj nenobeloj, riĉuloj kaj malriĉuloj, sanuloj kaj malsanuloj, vivantoj kaj eĉ mortintoj... El la transmondo, eĉ la princoj senkapigitaj de Turandot' aliĝos... Eĉ Liu aliĝos. Mi ne rezignos pri tiu revo... Ĝis la morto mi ne rezignos... Ĝis baldaŭ, amikoj! *(li eliras, dum nebulo kovras la scenejon)*

## SCENO 4:
## Imperiestra palaco en Ĉinio

*La tria parto de la sonĝo. La Feino fariĝis la ĉinia princino Turandot'. Ŝi surmetis nigran mantelon super sian bluan robon. Juna Puccini daŭre havas la mantelon de Kalaf, la eksa princo de Tatario.*

TURANDOT': Divenu, fremdulo. Kiu estas la fantomo, kiu mortas ĉiunokte kaj renaskiĝas ĉiumatene?

KALAF: Mi sentas en mi fantomon... kiu mortas ĉiunokte... kiu renaskiĝas ĉiumatene... Ĝi estas mia ESPERO!

*TEATRO*

*(La tri ministroj rigardas la respondon en la sekreta libro)*

**PING:** ESPERO!

**PANG:** ESPERO!

**PONG:** ESPERO!

**PING, PANG, PONG:** Li pravas! *(aŭdiĝas aplaŭdoj)*

**TURANDOT':** Divenu, fremdulo. Kiu ardas kiel flamo kiam vi kuraĝas sed frostiĝas kiam vi malkuraĝiĝas?

**KALAF:** Mi sentas en mi ion... kiu jen ardas kaj jen frostiĝas... Ĝi estas mia SANGO!

*(La tri ministroj rigardas la respondon en la sekreta libro)*

**PING:** SANGO!

**PANG:** SANGO!

**PONG:** SANGO!

**PING, PANG, PONG:** Li pravas! *(aŭdiĝas aplaŭdoj)*

**TURANDOT':** Divenu, fremdulo. Kio estas la glacio kiu ekflamigas vin, kaj via flamo igas ĝin eĉ pli malvarma?

**KALAF:** Mi sentas en vi glacion kiu flamigas min... Mi sentas en vi glacion, kiun mia fajro eĉ pli malvarmigas... Kaj la glacio estas vi, TURANDOT'!

*(La tri ministroj rigardas la respondon en la sekreta libro)*

**PING:** TURANDOT'!

**PANG:** TURANDOT'!

**PONG:** TURANDOT'!

**PING, PANG, PONG:** Li pravas! *(aŭdiĝas aplaŭdoj)*

**KALAF:** Turandot'! Mia amo fandos la glacion, kiu kaptis vian koron! Mia amo liberigos vian koron de la venĝema spirito, kiu nestas en ĝi! Turandot'! Forpelu la venĝeman spiriton! Rememoru vin mem! Rememoru kiu mi estas... Kiuj *ni* estas...

*(Blua nebulo kovras la scenejon dum kelka tempo)*

**TURANDOT':** *(forĵetas la nigran mantelon, kaj restas en la helblua robo de la Feino)* Mi ja rememoras kiu vi estas! Vi estas AMO!

*(Aŭdiĝas granda koruso, kantanta la faman himnon al Amo, per kiu finiĝas la opero Turandot.)*

## SCENO 5:
## Ĉambro de hospitalo en Bruselo

*Maljuna Puccini skribas freneze, vestita per piĵamo. Aŭdiĝas la melodio de la himno al amo, kun paŭzoj post ĉiu verso. La melodio estas en la menso de Puccini, kaj dum ĉiu paŭzo li murmuras la vortojn skribante la koncernajn muziknotojn. Lia voĉo estas tre mallaŭta, ĉar la gorĝo doloras lin.*

**MALJUNA PUCCINI:** *(murmuras skribante)*

*"Ho, am'!*
*Ho suno! Ho eterna viv'!*
*La lum' de l' mondo estas amo,*
*ridoj, kantoj en suno,*
*nia senfina feliĉo!*
*Glor' al vi! Glor' al vi! Gloro!"*

# HIMNO AL AMO
## (koruso el "Turandot")

Vortoj: Giuseppe ADAMI
kaj Renato SIMONI
Elitaligis: Luiza CAROL

Muziko: Giacomo PUCCINI
Kontribuis: Franco ALFANI

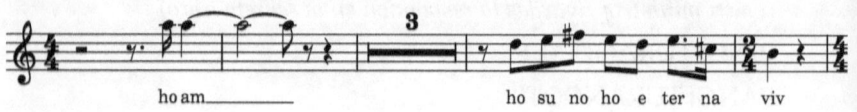

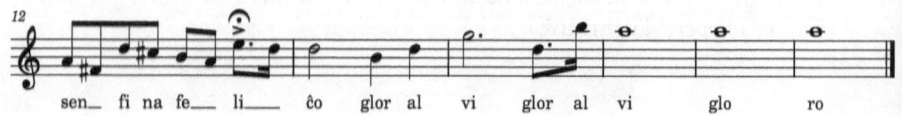

Murpentraĵo en Cambridge, Masaĉuseco, Usono, nekonata aŭtoro. Fonto: Vikipedio

# Nia vivo sen Renato

*(1941-2025)*

## de Probal Daŝgupto

Ni nun havas la malgajan respondecon akcepti la fakton, ekvivi kun la fakto, ke Renato Corsetti ne plu estas inter ni.

En la Akademio ni interalie funebras lin kiel eksan sekretarion. Sed Renato havis, aŭ radiis, pliege ampleksan kaj buntan ĉeeston inter ni. Li stafete portis la standardon de tiu bonlingvismo kies unuan impulson liveris Claude Piron, sed al kiu Renato donis la maturan formon kiun ni konas. Agante kiel estrarano, tamen, li skrupule distenis siajn personajn pensojn sur tiuj kaj aliaj terenoj disde la neŭtrala, sendiskriminacia plenumado de instituciaj respondecoj. Li agis kvazaŭ li havus personan interkonsenton kun ĉiuj institucioj en Esperantujo: "Mi skrupule, objektive, laŭregule farados miajn devojn al vi. Sed alidirekte mi insistas ke vi senmanke liveru la servojn kiujn akute bezonas viaj plej diskriminaciataj klientoj."

Tiujn klientojn li trovis same en *individuoj*-komencantoj en la malmultaj landoj kun jam delonge organizita Esperanto-movado kiel en *komunumoj*-komencantoj en la pli multnombraj landoj kie tian movadon oni eklanĉas aŭ ankoraŭ ne vere stabiligis. Nun, kiam lia forpaso devigas nin, tra niaj larmoj, meti liajn atingojn sur unu ekranon, mi vidas, pli klare ol iam ajn dum li vivis, ke tra ĉiuj sferoj de lia agado fadenis unu ĉefa kredo. Renato kredis ke la institucioj devas senmanke kaj sendiskriminacie servi al ĉiuj homoj, kaj ke individuoj povantaj premi la instituciojn devas insiste premadi ilin plenumi tiun respondecon; la dua parto de lia kredo estis ke institucioj devas funkcii travideble kaj simple por progresi al serioza sendiskriminacieco. Esperanto, por Renato, estis kvintesenca ekzemplo de tiu lia centra kredo. Li pensis ke multaj el ni ne komprenas la neceson teni nian lingvon maksimume simpla. Li tial premadis nin, en sia sprita kaj agrabla stilo, por ke ankaŭ ni same intense kiel li perceptu la urĝan neceson liveradi al la klientoj de organizita Esperantujo laŭeble senmanke kaj senhalte tiujn servojn pri kiuj ni surpapere devontigis nin, rilate al la lingvo kaj rilate al aliaj laborsektoroj.

Omaĝi al Renato Corsetti, nin devontigi memori lian ekzemplon tra ĉiuj niaj laborsferoj, signifas antaŭ ĉio trakti serioze tiun centran ideon, kiu animis lian vervan kaj inspiran vivadon. Multaj el ni ne konsentis kun li, kompreneble. Li estis ĝisosta demokrato, kaj sincere bonvenigadis tiun diversecon de opinioj. Senŝancela fido al la valoroj de demokratio estis por li premiso pri kies nepreco eĉ ne necesis pensi.

Renato Corsetti en 2016.
Fotis: Aleks Andre. Fonto: Vikipedio

# La pozicio de la angla en Barato
*Prelego en Japana Esperanto-Instituto, Tokio, 2001*

de Probal Daŝgupto

En mia esperantista infanaĝo, mi min trempis en la atingoj de la japana Esperanto-komunumo. Estis por mi granda privilegio ke tiutempe Teruo NAKAMURA (kies *Enciklopedieto japana* estis inter miaj plej gravaj referenciloj, kaj kies kontribuon al *La zamenhofa Esperanto: Simpozio pri -ata/-ita* mi rigardis kiel modelan) sentrude mentoris min kaj aperigadis miajn lernoknabajn tekstojn sur la paĝoj de la revuo *Oomoto*, kiun li redaktis. Mia prelegvojaĝo tra la japanaj esperantejoj en 1982 sigelis intensan reciprokiĝon de la atentemo kaj aŭskultemo inter tiu komunumo kaj mi. Ekde la seula UK en 1994, dum kiu YAMASAKI Seikô kaj mi kunagis en teamo reĝisoranta la kongresan temon, mi ekdialogis kun tiu universalisma pensulo, kies ideoj restas atentindaj por ĉiu sinekzamenema esperantisto. Mi kunhavis kun li la ideon ke Esperantujo sukcesos fariĝi serioze universalisma pensforumo nur se ni ĉiuj (eŭropanoj kaj alilokanoj) kune metos la fenomenon Eŭropo – ĝian imperifaran pasintecon, ĝian nunan baraktadon kun klopodoj diversmaniere fariĝi kontinento kapabla bonvenigi ĉiajn homojn kaj forĝi el la nova demografio vivipovan elanejon – sub kritikan lupeon. Se ni sukcesos tion fari, tiam la nova "nio" ekzamenanta la fenomenon Eŭropo, traktante ĝin kiel provincan objekton de freŝa rigardo, sammomente transformos sin en novan urbanaron, kapablan trakti tiun Eŭropon kiel provincon regatan de serioza, aktuala, memfide universala urbo.

Eble ĉefe lin mi provis alparoli en la ĉi tie revizitata prelego, kiun mi prezentis al tokia aŭskultantaro en 2001. La enhavo mem de la teksto malpli gravas, post tiom da konsternaj ŝanĝiĝoj en la monda pejzaĝo, ol la stilo de pensado kiun rimarkos universalema leganto. En ĉi tiu teksto mi kritike, objektige ekzamenas la baratan komunumon, per proksimume tia rigardo kian la seriozaj eŭropanoj kaj iliaj same seriozaj alikontinentaj aliancanoj volos direkti al siaj infanaĝaj lulejoj, se ili aspiros plenkreski kiel universaluloj. Per tiu mia "proksimume" mi pardonpetas pro miaj propraj malsukcesoj adekvate efektivigi la revon, kiun kovis YAMASAKI-san. Espereble vi, estimata leganto, scipovos vere brile kuiri laŭ lia recepto. La fifama malfacileco de mia prozo tute ne apartenas al la recepto, kaj estas rigardenda kiel handikapo de tiu ĉi malinda disĉiplo lia.

Fine, bonvolu permesi al mi danki amikon USUI Hiroyuki, kiu ĉefprizorgis la organizan flankon de mia prelego en 2001.

La eŭropaj landoj sin industrie redifinis kiel kulturejojn kies pluan evoluon regas iliaj sciencaj eksperimentejoj. Iliaj ĉefaj eksperimentaj landoj evoluis dumaniere. Oriente en Eŭropo, Ruslando aplikis ĉefe la socian sciencon en komunisma formato. Okcidente ekster pra-Eŭropo, Usono aplikadis kaj adas la naturan sciencon en pozitivisma formato. Ambaŭ tenas grandan distancon de la malnovmonda membildo de Eŭropo. Per tiu ĉi cedo de sia pensa centro al la eksperimentaj landoj, Eŭropo metis sin ekster la aktivan historion kaj ne plu rolas en tiu klerisma projekto al kiu prave volis nin aligi la karmemora japana-Esperanta pensulo Yamasaki Seikô. La tasko transpreni la projekton kaj doti ĝin per vera universaleco venis do en la manojn de diversaj neapartenantoj al la pra-Eŭropa sfero.

Principe, oni povus atendi de Japanujo gvidan rolon en tiu re-lanĉo de la projekto konstrui la modernon en la formo de modernaj individuoj loĝantaj en moderna mondo. Por ke la anoj de tiu ĉi kaj aliaj orientaziaj socioj formulu kaj efektivigu tian rolon, tamen, oni devas pli ĝenerale kompreni la ĉefajn barojn por povi preterlabori ilin. En la orientaziaj socioj, la kulturo en la formo de artaj konstruoj superregas la naturon. La reliefa ĉeesto de la artaj konstruoj en la belskribado, en la religia sfero, en la civila mondo kreas tutan pejzaĝon fasonitan de homoj kaj dirantan ke la homoj havas la respondecon plene strukturi sian mondon per kulturaj konstruaĵoj. Ekde la infanaĝo multaj orientazianoj, pro la eksplicita edukiĝo en tiujn kadrojn, ŝajne sentas sin katenitaj de la ŝablonoj en tiu strukturo ekzisto. Reage kontraŭ tio, la sinesprimo en multaj modernaj memformuloj de la orientaziaj socianoj reliefigas la vivecon de la realo, kiun ili volas aliri pere de nova senarto kaj do evitante la troan strukturadon. Tiu rerealigo de sia aŭtenta homa ekzisto estas celo por japanoj aparte emfazita de la helpa ekstera aŭtoro Sabira Ståhlberg en sia Esperanta ĉefverko *Durankulak*. Survoje al tiu celo, multaj japanoj kaj supozeble ankaŭ iuj aliaj orientazianoj emas apogi sin al pozitivismaj sloganoj kaj reiri al la vera korpa ekzisto, post longa suferado sub la tro enkaĝigaj kulturaj vestoj. Kaj tiun specon de pozitivismo ŝoforas la kredo ke la artaj esprimaĵoj pri tiu mondo estus do fakultativaj kaj preterlaseblaj en verdira priskribo de la socia ekzisto.

Mi sentas la bezonon eksplicite naĝi kontraŭ tiu ĉi fluo kaj emfazi ke la arto kunfluas kun la aŭtenta vivado de la homoj. Ne ekzistas senarta homa realo; nur la pozitivisma fantazio trudas al ni la ideon ke la kerna realo de la homa vivo estus senarta. Konforme al tiu mia opinio, mi ankras miajn priskribojn pri la angla en Barato en la literaturan maron sur kiu, laŭ mia kompreno, ĝi aŭtente flosas. Per ĉi tiuj antaŭprezentaj komentoj mi emfazas la konscian decidon resti ĉe mia jam delonga alstaro al la ebla kritiko ke mi tro emfazas la beletron en la lingva realo. [Por pli ampleksa pritrakto pri la rolo de la literaturo oni sin turnu al mia referaĵo 'The external reality of linguistic descriptions', aperinta en *Canadian Journal of Linguistics* en 1988.]

## 1. La industria kapero de la lingvo

En tiu ĉi interveno, mi konsideras iom detale la formon de la ĉe-esto de la angla en la nuntempa Barato. Mi liveras argumentojn por la konkludo ke ĝia ĉeesto ĉi tie, kaj supozeble ankaŭ aliloke, ekzemplas kaperon de la sciado fare de la industriado. Por ke la sciado regajnu la sanecon en kaj ekster Barato, ni bezonas agnoski tiun ĉi kaperon kaj efike kontraŭrimedi.

La parolantoj de la barataj lingvoj hipotekis la scian sektoron de sia vortouzado al la teknika-industria levjatano kies spektakletojn mi proponas nomi "La Industriado". En Barato, la transpreno de ĉiuj sciaj funkcioj fare de la industriado okazas en la formo de divido de la lingvaj laboroj. Funkcias en la angla ĉiuj seriozaj revuoj, libroeldonaj sistemoj, instruaj-esploraj aranĝoj, entreprenmastrumadoj k.s., en kiuj la spertuloj produktas tutmonde uzindan aŭ tutlande uzindan laboron aŭ inicas en tian laboron la gejunulojn. Oni lasas al la barataj lingvoj la literaturan, amaskomunikilan, amuzan, politikan, kaj edukdistribuan taskaron (diference de la edukaĵkrea kaj esplora laboro en la angla). La barata elito kreskinta sub tiu ĉi monopolo havas iuspecan angla-lingvan identecon, en la senco ke la elita sciado serioze okazas en la angla. La elitanoj perceptas kiel nur duavicajn la baratajn lingvojn, en kiuj okazas la sinesprimado de la popolo.

Tiu ĉi konstato ne ignoras la realon ke multaj en tiu elito persone vivas en barataj lingvoj kaj funkciigas nur iujn aferaĵojn en la angla. Temas pri tio ke la nacia elito kiel tuto havas investon en la angla lingvo kiel difinilo de la funkciado kaj reproduktiĝado de la tuta elito. Pro tiu investo aperis esprima subkomunumo de la baratanoj enfokusiginta la anglan kiel sian preskaŭ solan lingvon. Nomu ĝin la "anglakerna" elito. Laŭ evidenta lego, ĝia ekzisto markas sindevontigon fare de la pli vasta nacia elito al pli ol helpa uzo de la angla. Tiu nacia elito kiel tuto, do, kaj ne nur ĝia anglakerna subkomunumo, sin ligis al parta identecomarka rolo por la angla en Barato. Se tiu sinligo estus ĉioampleksa aŭ preskaŭ senmanke ĉioampleksa, ni do povus atendi vidi simptomojn de tio ke la marata, la bengala, la telugua, la kanara ktp perdus la lernemon kaj uzemon ĉe siaj respektivaj anaroj. Tiam restus malmulto pridiskutinda. Sed ne tia estas la scenejo. Tial mi elektas la bildon de kapero kaj ne de murdo.

La malsimpleco de la scenejo iĝas aparte klara, kiam ni notas la disduiĝintan leksikon de la modernaj barataj lingvoj kaj la mankon de populara filma kaj kanta industrio en la anglakerna sektoro de la barata vivo. Se mi malpaku la unuan punkton: en ĉiu tipa moderna lingvo en Barato, la parolantoj uzas en la ordinara parolado malavaran priŝprucon de neasimilitaj anglaj vortoj kiuj reprezentas tiajn kategoriojn kiel la sciencoj, la tekniko, aŭ la mondo de la mongajna laboro. Kaj tamen, en tiuj samaj modernaj barataj lingvoj, same ĝenerale kaj ordinare, la verkantoj de tekstoj sisteme anstataŭigas tiujn pruntvortojn per tuta aro de propraleksikaj neologismoj estigitaj dum diversaj ondoj de la entrepreno produkti indiĝenajn terminojn. Jen la disduleksika karaktero de la modernaj lingvoj de Barato. Kiam la lingvanoj fakule uzas la propran lingvon, ili *parolas* anglatermine, sed *skribas* en la tradukoza varianto de sia gepatra lingvo.

Nun mi malpakos la duan punkton. La multaj anglakernaj baratanoj sin volonte adaptas al la muzikaŭskultaj, fikciolegaj kaj filmospektaj kutimoj de du malsamaj publikoj – unuflanke la parolantaro de la barataj lingvoj, kaj duaflanke de la tutplaneda anglakerna publiko, kiu konsistigas grandegan merkaton por la komunikilaj produktaĵoj anglaj-usonaj. Malgraŭ la ĉeesto de la krimromane ŝlosila trio, nome, la ĉeesto de "rimedoj, motivoj, kaj okazoj", do, ne ekzistas tia barata populara kulturo en la angla kiu prezentus arenon de malpeza, nekonscia kaj do kolektiva memportretado por la anglakerna subkomunumo barata.

Ni rerigardu tiujn ekirpunktojn. La unua punkto, la disduleksikeco, montras ke la parolantoj de la barataj lingvoj traktas la anglan uzurpon de ilia sciada sektoro kiel portempan aranĝon, ne bonvenigotan en la seriozan lingvouzan vivon de Barato. Tio ĉi indikas ke temas pri kapero. Kaperoj estas portempaj.

La dua punkto, la manko de anglakerna populara kultura industrio barata, indikas ke ne nur la supozataj viktimoj sed eĉ la supozataj farantoj de la kapero rigardas la kaperan spacon kiel provizoran restejon, kaj ne kiel kulturan hejmon en kiu oni povus loĝi kiel ekkomunumo de angle parolantaj baratanoj kiuj konstruas aŭ delege sponsoras sistemon de kolektiva sinesprimado.

Tiuj ĉi kaj parencaj faktoj, detale ekzamenitaj en pli fruaj tekstoj miaj, ŝajnas apogi la ideon ke iu kiu serĉas identecojn en mia lando trovos sisteme formulitajn kaj tradicioportajn identecojn nur en la barataj lingvoj. Sekvas do ke, se iu aro da homoj bezonas identecon por povi kalkuli sin kiel komunumon, tiam ne ekzistas komunumo de anglakernaj baratanoj kuntenataj de komuna lingvo kiel denaska identigilo.

Tiu ĉi kredinda unua lego de la faktoj, tamen, baziĝas sur senkritika akcepto de la naiva disduigo inter la sciada sektoro de la lingvouzo, kaperita en Barato de la industria angla lingvo, kaj la esprima sektoro, rezervita por la barataj lingvoj en tia divido de la kulturaj laboroj lasanta nenian popularan kulturan bezonon por la angla. Se ni pridubas la netan disduecon inter la sciado kaj la esprimado, ĉu ni ne bezonas revizii tiun unuan legon?

Se ni atentas la detalan literaturan bazon de la lanĉiĝo en la okdekaj jaroj (kaj evidentiĝo en la naŭdekaj) de la entrepreno kiun mi nomos EBRA (Ekster-Barate Rezidanta Aŭtorado), ni povas starigi la miakomprene ĝustajn demandojn. Montriĝas ke en epoko scio-ebria, la krea verkado mem iĝas laborujo en kiu reintertraktiĝas la nocioj de la sciado kaj la esprimado. Por ekvidi tiun ĉi realon kiel eble plej tuje, oni konsideru la romanon *Shame*, 'Honto', en kiu Salman Rushdie (aŭ eble prefere la enromana rakontanto) notas ke la formoj de la fantazio kaj fabelado fluas al vi nature, se vi vin sentas senrajta fari tiujn radikohavajn, memcertajn sciopretendojn pri la prezentata socio kiuj estis rigardataj kiel esenca parto de la normala romanista sinteno en la klasikaj nacioj kun kontinuaj praidentecoj. Alidire, la krea verkado en la angla fare de la baratanoj eklanĉiĝis precize kiam la klimato de la krea verkado enpotencigis difinitan entreprenon de scia enkadrigo, ĉar tiumomente la esprimaj bezonoj de la eksterhejmlandaj kaj aliaj identeco-malsekuraj baratanoj renkontiĝis kun tiuj nove disponeblaj formaj rimedoj kiujn ni mallonge nomos la metafikcia ilaro. Vi sendube konas tiun ilaron pro tio ke ofte uzis ĝin interalie Gabriel García Márquez kaj Italo Calvino. Tiuj sukcesoj en la metakrea verkado fare de la EBRAuloj proksimume samtempas la altprofilan ekĉeeston de EBaRBoj, Ekster-Barate Rezidantaj Baratanoj, specife en la Silicia Valo de Kalifornio kaj pli ĝenerale en la Okcidento. La apero de tiu profesia altprofiliĝo efikas sur la baratan socion – efikas sur la edukejojn el kiuj oni perdas multe da cerbo al la okcidento, kaj sur la riĉajn aŭ riĉetajn hejmojn kiuj parte eksportas sian laborforton al tiu mondparto. Tiu efiko prenas formojn kiuj ankoraŭ ne estas serioze analizataj.

Ŝajnas juste diri ke la literatura gravitocentro de la altkultura verkado de la baratanoj situas en la EBaRBa bazo de la barata anglakerna komunumo. Ĉu do tiun komunumon oni plej utile rigardu kiel survojan al la konstruo de memdifino aŭ de idento ekde la jam posedata industria bazo kaj ne ekde la popularkultura bazo kiu mankas al la enbarate loĝanta fragmento de tiu komunumo? Kiel ni reagu al la hipotezo ke la projekto de tia identeca konstruado povas sin kompletigi, iĝante sinpripensa kaj memreprodukta, sen la enkorpigo de la kampara bazo de tia barata nacio kian premisus la antaŭa stilo imagi la naciojn? Kiel efikus tia evoluo, tiel konceptata, sur nian komprenon de tio kio okazas kaj de la eblaj finrezultoj?

Ni kunportas tiajn demandojn dum ni en la cetero de la teksto bildigas diversajn vojojn laŭ kiuj povas moviĝi al kompletiĝoj la projekto konstrui anglakernan baratanan identecon.

## 2. Scenaroj de finia kompletigo

En nia unua pripenso, ni notas kiamaniere tia projektokompletiĝo povas okazi per la netmarkado de klara kaj rekta kaj tre difinita limo inter la havuloj kaj la senhavuloj en Barato. Ni nomas "havuloj" tiujn kiuj parolas la anglan flue kaj surmerkatigeble – kun displurigo de la merkato en plurajn submerkatojn, inkluzive de iu kultura sektoro kies membildo prezentas la kulturon kiel kvintesencan malon de la merkato. Ni do nun komencas surekranigi scenarojn de finia kompletigo de la anglakerna identeckonstruado en Barato.

Unu tia scenaro proponas Senkaŝan Sinforvendon al okcidentuje bazita mastra elito kiu regas la intertraktadon de la detaloj de tiu kapitulaco. Ene de tiu ĉi bildigo ekzistas pluraj variantoj. Povas esti blanka aŭ baratana la mastra elito, ktp. Kompradora duonelito bazita en Barato povas, se ĝi estas pasiva kaj do plene malhavas propran iniciatemon, sklave servemi al la tuta mastra elito, aŭ, se ĝi estas iom trovema, lerte ludigi unujn mondpolitikajn fragmentojn de tiu elito kontraŭ la aliaj kaj gajni avantaĝojn. Abundas tiaj diversecoj ene de la Senkaŝa Sinforvendo. Oni do rigardu ĝin kiel familion da scenaroj.

La aliaj scenaroj de la tipo Finia Kompletigo situas en la naciisma retoriko. Mia tezo estas ke ĉiuj scenaroj de la finia kompletiga tipo havas la rezulton hipoteki ĉi tiun nacion al mastra rakontego (en la senco de la postmodernisma kritiko de la modernisma subiĝo al rakontego, kritiko formulita de Jean-François Lyotard), kaj ke la scenaroj diversas inter si nur rilate la konkretan elekton de tiu aŭ alia specifa rakontego. Tiun ĉi empirian konjekton oni kompreneble devos kritiki kaj elprovi.

Malgraŭ iom da dubo, mi adoptas la kutimajn politikajn termi-nojn kaj do konsentas paroli pri dekstra kaj maldekstra variantoj de naciisma scenaro de finia kompletigo de la projekto konstrui anglakernan identecon en Barato. Laŭ tiu ĉi terminuzo, la scenaro kun maldekstra rakontego rilatas al serioza diskursado nur en la angla (kaj, surprize, neniam kromfunkciis germane pro Markso aŭ ruse pro Lenino), dum la scenaro kun dekstra rakontego ŝoforas seriozan diskursadon ja ĉefe en la angla, sed donante specifajn rolojn al sanskrita subleksiko (eĉ en sia uzo de la angla) kaj al la hindia lingvo kiel ejo de rakonta ankrado. Laŭ tiu ĉi analizo, la naciaj politikaj partioj je la du finoj de la politika spektro egale devontigas sin formuli nur en la angla lingvo la sciobazon de Barato surbaze de ŝlosilaj diskursoj ŝoforataj de specifa rakontego – kaj, laŭ mia rezonfadeno, sin devontigas objektive apogi la graviĝon de kerna elito anglakerna. La dekstro diferencas de la maldekstro nur per la elekto de malsama rakontego.

La scenaro de Senkaŝa Sinforvendo kaj la du naciismaj scenaroj (kun maldekstra resp. dekstra rakontego) ĉiuj kalkuliĝas kiel bild-igoj de la tipo Finia Kompletigo por la projekto konstrui identecon por la anglakerna barata elito. La scenaroj menciitaj de mi ĉiuj insiste fortigas la murojn kiuj apartigas la anglakernan baratan eliton disde la barata publiko kiel tuto. Ili ĉiuj rifuzas la modernajn baratajn lingvojn kiel ejojn por la redifiniĝo de la moderno pere de publikaj interparolaroj rilate al specifaj regionoj, ĉar ili silente supozas ke la moderneco estas difinitaĵo, fluanta ĉu de mastra elito en iu okcidento, ĉu de mastra rakontego en iu epistemologia supertero. | 117 |

Konkretaj programoj bazitaj sur tiaj scenaroj kompreneble interpilkos kun la regionaj lingvoj de Barato kaj kun la politikaj fortoj reprezentantaj ilin. El la vidpunkto de la Finia Kompletigo, la ludantoj en tia efektivigo devos teni tiujn regionularojn en limigitaj paŝtejoj, teni ilin kiel grupojn kun specialaj interesoj. La saman problemon tia programo bezonos same solvi ankaŭ ĉe popolsegmentoj kiel la virinoj, aŭ la indiĝenaj popoloj, aŭ la dalitoj (en Esperanto misnomitaj *parioj* – la etnalingvajn ekvivalentojn de tiu vorto aperanta en PIV la moderna Barato rigardas kiel rekte ofendajn kaj kontraŭleĝajn). En ĉiuj tiaj kazoj, la efektivigantoj de programo de finia kompletigo proponos al la subulaj grupoj diversajn popolismajn donacetojn kaj ŝajnos doni al tiuj lokaj specifularoj honoran lokon en la granda skemo teksata de la koncerna rakontego. Se tia limiga strategio sukcesos, oni povas antaŭdiri ke la aparta lingvo de la koncerna klientaro (kiam tiu klientaro havas specifan lingvon) estos resanskritigita, en la faka senco de la vorto "sanskritigo" kreita de la sociologo M. N. Srinivas. La angla, ludante la rolon de la nova sanskrito, ĉiam pretas sanktigi la lokan potencon kiel rajtigiton de centra potenco.

Laŭ ĉiu el la scenaroj de la tipo Finia Kompletigo, oni devas konkrete bildigi ne nur la politikajn agojn kaj dinamikon, sed ankaŭ la ĵurnalistan kaj universitatanan komentarion kiu surscenigas kaj muldas ilin. Oni do imagas ne nur la procezojn supre menciitajn, sed ankaŭ senpasian spektantaron konsistantan el Senkaŝismaj sociaj sciencistoj. Tiu komunumo rigardas sin kiel "racie" spektantan la tuton kaj laŭeble restantan en sinteno neŭtrala. Kiam ĝi entute elektas iun partiecan flankon kiel apogindan, tiu agantaro eventuale pledas por ia laŭdire moderna aŭ kontraŭrevivigisma fino kaj esprimas la deziron ke al tia fino celu ĉiuj sociaj procezoj. Sed ĝenerale la sociaj sciencistoj, laŭ tio kion ni rajtas imagi, interkonsentas pri la spektro de la elektoj disponeblaj. La spektro gamas de la Senkaŝa Sinforvendo, tra la Dekstra Naciismo, ĝis la Maldekstra Naciismo, punkto, fino. Simile, kiam mi pensas pri la eventuala sanskritiĝo de la lokaj satrapujoj taŭge limigataj al propraj paŝtejoj, mi trovas min imaganta ankaŭ ian norman socian sciencon kiu aldonas al la procezo mem la komentarian spicon de universitate vortumita celebro pri la venko de la raciaj, Komuniko-ĉefigaj, modernaj fortoj de la civila sentado kontraŭ la praemocia objekto de la iama etnologio, vortoj per kiuj mi aludas al la teorioj de Edward Shils kaj Clifford Geertz.

Feliĉe, ne estas tiom limigitaj la ebloj.

## 3. Programoj kun daŭropova repleniĝado

Mi nun venas al alia maniero konkrete bildigi la taskon de fortigado de la moderna sciobazo de la barata publiko ĝis tiu punkto kie aperas la klara sento ke tiu ĉi publiko estas same memfida lernantaro kiel ajna alia komunumo en la mondo – ĝis ia kompletiĝo, do, aŭ ĝis ia faztransiro. Tamen, laŭ la konceptado prezentota de mi ĉi tie, oni devus paroli ne pri kompletiĝo, sed pri iaspeca repleniĝado. La ideo do estas ke la komunumo en sia mastrumado de la koncerna rimedo (ĉi-kaze, de la scio kiel rimedo) atingas tian punkton ke ĝiaj membroj scias replenigi tiujn haverojn kiuj elĉerpiĝis. Se la membroj aplombas pri la reproduktado kaj ĝistaŭgigado de tia scipovo pere de pliaj transfaziĝoj, tiam komencas esti eble specife paroli pri la daŭropova repleniĝado de ĝiaj rimedoj.

La tagordoj kiujn mi nun konsideros demandas kiamaniere la tuta barata publiko povas alstrebi ĉi tiun celon. Ne temas do nur pri ia elito kiun difinus la diferenciga posedo de la scio de la angla kiel malabunda rimedaĵo. Kompreneble, tiaj tagordoj koncedas ke la publika celo de la replenigado rilate al la sciaj rimedoj povus enplekti iujn privatajn subcelojn. Pro tiu ĉi koncedo ni povas klarigi la procezon de iu subkomunumo parolanta nur aŭ ĉefe la anglan kaj prisekvanta laŭ sia bontrovo la proprajn subcelojn de reproduktiĝo kaj plivastiĝo; nia analizo rigardas tiun ilian prisekvadon de pro-praj mallarĝaj interesoj kiel tamen objektive utilan al la publika intereso rilate al la komprenaj rimedoj, utilan ekzemple pro tio ke ili funkcias kiel modelaj lernolibristoj aŭ lernejistoj. Ĉi tia rekompreno fare de la teoriuloj kiuj apogus vidpunkton de daŭropova repleniĝado ankoraŭ ne estas socia fakto, sed nur ekzistas kiel objekto de utopiaj revoj. Ĝi principe kapablos surpodiigi interesan kaj potencan socian realaĵon, se en iu subkomunumo, ekzemple ĉe la anglakernaj baratanoj, la perspektivodonaj membroj eksplicite prezentos ĉi tiujn privatajn subcelojn de la komunumo en la kadron de la publika celo replenigadi la sciajn rimedojn. Tiu ĉi procezo iĝos ne nur intelekta ludo, sed ankaŭ socia efektivaĵo, se perspektivoformulaj intelektuloj ne nur komunikos al sia komunumo tian vidpunkton sed eĉ vivos sian vivon surbaze de ĝi – ne nepre lige kun ĝuste ĉi tiaj konceptiloj, sed eble pere de revizito al la konata gandhia nocio de la interklasa konfido. Laŭ tiu pensmaniero, la riĉuloj rigardu sin kiel portempe posedantajn kaj administrantajn la rimedaron vice de la senhavularo kiu ĝin konfidis al ili. Mi ĉi tie konsideras la eblon ke iuj prezentistoj de la interesoj de la barata anglakerna subkomunumo transloĝiĝus en bildigon de tiu gandhia, konfidisma tipo.

La konceptan enhavon de tia transloĝiĝo oni eble plej konvene rigardu kiel foriron disde la modelo de fundamenteca mastra rakontego kaj alvenon al la kontraŭmodelo de areneska gastiga rakonto. Sed ĉi tiuj terminoj akiras por ni malmultan terenon ekster la privata pentrejo de la teoriilaj bildoj. Ni bezonas ion pli publike palpeblan.

En publika pensilaro, la strategian demandon pri la efektiva aranĝeblo de tia transloĝiĝo al gandhia konfidismo oni povas formuli proksimume jene. Ĉu la anglakernaj verkistoj de Barato povos verke prezenti la hibridan agadon de malferma intertraktado ne kiel galimatian ĥaoson sed kiel filmscenaron de brila sukcesrakonto? La ŝlosilaj rolantoj sur la socia podio de la anglakerna Barato konsentos partopreni la gloran Plenumadon de tia majuskla Transloĝiĝo nur se la entrepreno proponata al ili estos kongrua kun iliaj kutimaj ritmoj de la laborebria frenezado. La problemo estas ke hibrida malloko kie oni relativigas iujn kulturojn al aliaj ne donas unuavide la impreson de areno kie eblus la elana agado kiun ili bezonas por ne perdi la vizaĝon, por savteni sian heroecan membildon.

Jesan respondon al tiu strategia demando eble kapablos liveri la kutimaj elpensantoj de tiaj scenaroj. Eble la socisciencaj konsilantoj de la nova Princo (en la senco de Makiavelo), dum ili interdiskutas kiom da subfosa spico aldoni al siaj receptoj, fine sukcesos pakaĵi la Daŭropovan Relativigadon kiel sukcesrakonton en la nova ĝenro nomata Intertraktado. Se ili atingos tiun triumfon, tiam ni havos la senton povi fine ripozi.

La esprimon Ripozejo bonvolu ne rigardi kiel hazardan elekton. Ĝi signu por ni la problemon de la daŭropova relativigo de unu kulturo al alia kulturo kiam ni alfrontas la taskon de la reciproka gastigado, alfrontas la defion trovi vojojn laŭ kiuj la kulturoj rolu samtempe gaste kaj gastige unu al la aliaj. (Finfine, gastigi signifas i.a. liveri ripozejon, agrablejon.) Tiu ĉi strategia problemo ekzistas en dialoga rilato al iuj centraj teoriaj demandoj en la socia scienco, se ni akceptas difinitajn konceptajn ekirpunktojn. Ekzemple, ni devas supozi ke la komuniko-simetriigan koncepton de lernado (kiel fundamenton de la moderno), koncepton proponitan de Jürgen Habermas, oni povos reinterpreti kiel reciprokan procezon. Tia reinterpreto ĉefigas la reciprokan komprenan gastigadon kiel dinamiko-nivelon sur kiu la sciadan ekonomion de kulturo difinas la konstanta ciklo de rekonataj, reskribataj, rekulturataj praktikoj kiuj cirkulas en formato de tio kion Marcel Mauss iam nomis la ĝeneraligita reciprokeco. Tiu dinamiko-nivelo kiu grave rolas en mia teorio reprezentas bezonon de politologio kiu ŝlosile relativigas la industriecon de la sociologio al la daŭropova antropologia nocio de sciada transdono (la transgeneracia procedo de la lernebligo). Tia politologio, ankoraŭ ne disponebla en la aktualaj praktikoj de la politologoj mem, principe liveras modelon por la aliaj relativigoj jam en la gesto de ppriprincipa intertraktado. Versiojn de tiu ĉi modelo prezentas iuj lastatempaj tekstoj kaj intervenoj de Roy Bhaskar en la filozofio, Dorothy Smith en la sociologio, Dipesh Chakraborty en la historiografio, k.m.a. Mi koncize revenos poste al la koncernaj metodologiaj demandoj.

Se mi nun revenu al la pozitiva sed ne pozitivisma pakaĵo kies kreon ni atendu de la vojformulantoj de la anglakerna Barato, tiu pakaĵo bezonas rerigardi la vizaĝojn kiujn la angle parolanta subkomunumo de Barato prezentas al la lokaj neanglakernaj publikoj en Barato kaj al la pli vasta anglakerna publiko en la tuta mondo. Temas fakte pri la ĝemela defio lerni kiamaniere roli samtempe kiel gasto kaj kiel gastiganto. Oni konsideru jenan prezenton kiel deirpunkton por la tasko reinterpreti la demandojn. En la bildoj kutime vidataj ĝis nun, la anglakerna elito de Barato sin rigardas kiel gastiganton al la cetera Barato (kiun oni supozas dependaj de ĝiaj scioj) kaj kiel gaston de la Nordo (aŭ de la Metropolaro, aŭ de la Unua Mondo, kiel ajn oni elektas nomi tiun supergastiganton). Mi nun atendas la aperon de novaj interpretoj kiuj persvados la baratan anglakernan publikon memkonscie ankaŭ ludi gaste al la cetera Barato kaj gastige al la Unua Mondo. Tia ĉi prezento ebligos al ni vidi kiamaniere la programoj de daŭropova repleniĝado diversiĝas kiel gamo da konkretaj ebloj.

Tiuj ebloj emfazas la ideon lerni kiamaniere ludi la rolon de gastiganto al la Unua Mondo. Je unu nivelo, tio ĉi estas malnova ideo. Sed ni jam komencas konstati ĝian konkretan novecon. Roli gastiganton al anglakernaj unuamondanoj vizitantaj Baraton signifas ankaŭ lerni kiamaniere lernigi al ili kiel konduti kiel veraj gastoj. Tiu ĉi tasko estas rekte interplektita kun la tutmonda tasko de barataj elitanoj en la Tria Mondo. Ju pli Barato kune kun aliaj triamondaj landoj ĝiskreskos ĝis politike efika kompreno de la rolo kiun ni ĉiuj ludadis en la dramo per kiu la Unua Mondo je nia kosto sin lanĉis en la konsuman stratosferon, des pli faciliĝos plene literumi la variantojn de la programo kiuj emfazas lerni kiamaniere gastige trakti la unuamondanojn.

Aliaj variantoj de la programo emfazas la akiradon de la kapablo ludi pli gaste kaj malpli gastige al la malanglakerna cetera Barato. Institucie, tio ĉi signifas relativigi la laboron faratan en la angla al la pli kompleta komprenado de tiu baratana ekzistejaro kiu, funkciante en diversaj malanglaj lingvoj, dum tri jarcentoj akceptis kaj remuldis la literaturon kaj la kulturon de la industria kaj mastrumistika levjatano. Mi raportas kun feliĉo ke tiu ĉi relativigado jam okazas, danke al la kulturaj studoj, la inismo kaj aliaj radikalecoj, kvankam ĝiaj efektivigantoj ne rigardas ĝin tra tiu prismo; kaj ke oni rajtas atendi ke tiu entrepreno en la tujaj jardekoj faros sian memkonscian plulaboron en la barataj lingvoj kaj ŝlosile remuldos tagordojn de tiu ĉi tipo.

Se mi rajtas ĉi tie pledi por mia propra versio de tiu ĉi repensado, mia metodiko celas reekipi la sociajn sciencojn por pli inda traktado de la temoj racia elekto, moderna senmistifiko ktp. Por pli ampleksa prezento de miaj pensoj oni bonvolu reiri al mia *Postparolo* al la *Poemo de Utnoa* de Abel Montagut. Resume, mi volas emfazi ke la pozitivoj reliefigataj de la ŝtatoj, de iliaj urboj, kaj de ĉi ties sciencistoj kaj industrianoj fakte gastas, en la ĉiukomunuma kreiĝado de tiaj faktoj, ĉe la celebrinda sed fona kaj do iasence malpozitiva bildofarada kaj bildovivigada laboro de la virinoj, de la infanoj, de la dalitoj, kaj de diversaj aliaj marĝenuloj efektivigantaj ĉies vivonutrajn mikroplanojn. La metodiko do bezonas revizii la evidentajn kaj diversgrade diluitajn pozitivismojn per aktiva fonismo. Al tiu teoria propono paralelas mia praktika propono ke en la hodiaŭaj strebadoj la diversaj havuloj longe aŭskultintaj la kritikon bonvolu finfine agi laŭ ĝi, agi per aktiva abdikado. En ĉi tiu procedo la potenctenantoj (kaj preskaŭ ĉiu tenas iom da ia potenco) konservas la senton de aktiva respondeco kaj servipreteco kiuj iam igis la potenctenadon kaj regadon morale konsentebla. Konservante la respondecon, ili tamen laŭpove malmuntas la fizikajn kaj psikajn privilegiojn per kiuj la potenco dorlotadis la potenculojn.

Por nun reveni al la nombrado de variantoj de la programo de daŭropova repleniĝado, ankoraŭ alia varianto de la programo enfokusigas la kaperon de la sciado fare de la industriado kaj strebas renversi tiun kaperon en la praktiko kaj samtempe (per akompana teoria komentario) eksplicitigi la polusojn kaj laborilojn de tiu ĉi praktiko. Tiu ĉi pli profunda relativigo de la industrio al la fona malindustrio, de la angla al la fonaj malanglaj lingvoj, levas rekte la demandon de la formo en kiu efektiviĝis la industria-angla kapero kaj, vizaĝe al la konstato ke tia kapero ne estas daŭropova, kion do oni kontraŭrimedu kontraŭ la kapero por atingi nivelojn de daŭropova repleniĝado ĉe la sciadaj rimedoj.

Ĉi tiu varianto de la programo pelas nin al ekzameno de la ĝenerala intertraktado inter la formala sektoro de ĉiaj ekonomioj (ne nur la varproduktaj konsisteroj sed ankaŭ la sciadaj konsisteroj) kaj la neformala sektoro kiu ĉirkaŭas kaj devas apogi la formalan sektoron por ke restu daŭropovaj ĝiaj atletaj akrobataĵoj. Ĉi-terene oni antaŭvidas la ekeston de sin klare prezentanta alianco de la inismo, la mediismo, la indiĝenrajtismo, kaj iu poklarterena, eble eĉ podistrikta regionismo, aganta laŭ la eŭropunia principo de "subsidiareco"; tia alianco esperebla kapablos revoĉi, en la sfero de la rimedoj kaj la mastrumado, la bazajn demandojn: ĝuste kiuj havas kiajn validajn sciojn, kaj ĝuste kiuj longperspektive lernadas kion de kiuj. Tiel reformatita lokanisma luktado kondukos nin al serioza kaj apoginda redifino de tiu glora bildo de la ekonomiko al kiu la sociaj sciencoj hipotekis la homan racion.

Ĉiuj ĉi variantoj de la programo dependas de la povoj kaj la limoj de la rakontado. Estas emfazende ke temas pri la eblo ke estu verkataj kaj rakontataj decaj rakontoj pri la anglakerna barata serĉo por digna identeco spite al la fakto ke ne ekzistas iu ajn specifa regiono en kiu "la tribo de anglakernaj baratanoj" estus lingva kaj kultura plimulto de la tiuregiona loĝantaro. La spektaklaj progresoj en la aktuala verkado de noveloj kaj romanoj montras ke la rakontado kapablas celebri la nefineblan sed daŭropovan intertraktadon kun heterogenaj amikoj same riĉe kiel ĝi povas celebri la pli tradician revon atingi definitivajn venkojn kontraŭ diversaj malamikoj.

Kiam aperos tiaj radikale novaj, posttradiciaj rakontadoj, nur tiam la anglakernaj faskoj da baratanoj dise kaj sen propra teritorio situantaj en kaj ekster Barato povos koherigi siajn sentojn kaj agemojn kaj forĝi al si sencohavan identecon. Tiam la scenaroj kaj programoj pripensitaj en ĉi tiu rezonado kapablos aperi, senembarase kaj sen la nunaj malsimplecoj, en la publikaj diskutforumoj.

## 4. Konkluda malscienca postskribo

(Kierkegaard, la patro de la ekzistadisma filozofio, elektis la titolon "konkluda malscienca postskribo" por unu el siaj libroj. Tute ne embarasas min konfesi ke mi mem ne legis ĝin. Ĉu hazarde unu el vi legis ĝin, eventuale en la dana lingvo?)

En la ĉi-sekvaj metodologiaj komentoj pri la humanistiko kaj la sociaj sciencoj, mi traktas la demandon kiel do la diversaj modoj de la diskursado povas kaj malpovas kunkalkuliĝi en niaj interplektitaj fakoj.

La litera turo de la rakontado unuflanke, kaj la nombra turo de la kapkalkuloj kaj de la mezura komparado de la fortecoj aliflanke, difinas laŭ du malsamaj stiloj la saman modernan socion. Ĉi tiuj du stiloj, trans la jam delonga dividiĝo inter la kvalitaj kaj la kvantaj fakoj en la universitatoj, renkontas unu la alian ĉe la diskursa esprimiĝado de la sistema scio.

La humanistiko enfokusigas la kernan invitadan kaj do gasteco-ĉefigan enhavon de rakontantaro kaj ekzamenas kiamaniere ĉi tiu enhavo – de la komunumo kiu eninvitas la novon kaj la alion en sian memon – perrakontas al si kontinuecan konsistigon.

La sociaj sciencoj pripensas kiamaniere ĉi tia enhavo estas konsumata, distribuata kaj limigata, formulante siajn konjektojn en formo kiu sin lanĉas de ĵurnalisma grundo kaj kiu svingas siajn nombroriĉajn flugilojn sur sciencama ĉielo. Ĉi tiu sociscienca ĝenro retrokuple renutras la ĵurnalismajn kaj rakontajn entreprenojn.

Jen aktiviĝas senfina ciklo de hibridiĝo kiun nek la sociaj sciencoj nek la humanistiko iam esperas kompreni, sed nur plue ekzempli, se ni deziras per tiaj formoj vestadi nian diskursan sciadon.

Ekzistas aliaj elektoj, malpli senkritike celebremaj pri la Olimpikoj kaj aliaj normigaj mezuradoj; ankaŭ tiujn elektojn la pripensemaj homoj bonvolu trakti serioze. Iuj el tiuj alternativaj elektoj iĝas allogaj kiam ni reekzamenas la bazon de la lingvistika teorio. Mi invitas vin aliĝi al la entrepreno kies manifesto, *After Etymology: Towards a Substantive Linguistics*, verkita de mi, Alan Ford kaj Rajendra Singh (Munkeno: Lincom Europa), aperis en la jaro 2000. Aliajn aspektojn de tia alternativado mi pridetalos en taŭgaj forumoj. Mi strebas limigi ĉiufoje mian konsiderogamon por povi komprene trafi **ion,** anstataŭ nebule, triumfeme, sed sentrafe priceladi **ĉion.** Tiuj inter vi kiuj rekonas la ĵusan aludon meritas premion, minimume Diplomon pri Elstara Komprenado.

*Glosoj*

**kompradoro**: indiĝena komercisto servanta kiel aĉeta agento de fremda negocisto en kolonia aŭ duonkolonia lando (laŭ espero. com.cn/2013-10/10/content_30247621.htm)

**subsidiareco**: la federisma ideo ke funkcioj kiujn povas plenumi loka organo aŭ instanco estu plenumataj de tiu mastrumnivelo, kaj ke la tasko de la ŝtato aŭ de alia supera instanco estu ne elcentre direkti, sed helpi al la lokaj plenumantoj kiam aperas efektiva bezono de tio.

# Du iluzioj pri
# **Esperanto**

de Vinko Ošlak

La romano *Ombro sur interna pejzaĝo* de Spomenka Štimec, esperanta verkistino kaj tradukistino el Zagreb, Kroatio, estis jam antaŭ multaj jaroj tradukita en la lingvon slovenan, sed en la jaro 2023 ĝi fine aperis en libra formo, tradukita de Vinko Ošlak, eldonita de Esperanto-societo Maribor (Mariburgo) en Slovenio. Marde, la 12-an de Novembro 2024 la libro estis prezentita en la fama mezepoka konstruaĵo Sodni stolp ("Juĝturo") apud la rivero Dravo, kie troviĝas historie riĉa kaj bele kultivita malnova parto de la urbo. La prezentadon de la tradukita libro kun la slovena titolo *Senca nad pokrajino duše*, organizis Mario Vetrih, prezidanto de Esperanto-societo Maribor, redaktoro kaj prizorganto de la eldonita libro. La eventon partoprenis proksimume 30 homoj, kun la aŭtorino interparolis la tradukisto Vinko Ošlak, ankaŭ tradukante la respondojn en Esperanto al la lingvo slovena.

Unue la tradukisto diris kelkajn vortojn pri la demando, kio lin spronis traduki tiun ĉi romanon en la lingvon slovenan. Lia tezo estas, ke unue li vidas la romanon de Spomenka Štimec en la triopa pinto de la origina proza beletro en la lingvo internacia, kune kun la romano de Raymond Schwartz *Kiel akvo de l' rivero* kaj kun la romano de Vladimir Varankin *Metropoliteno*. Li opinias tiel unue pro la nekredebla talento vidi la plej etajn detalojn kiel esencajn pilastrojn de la tuta rakonto, due pro la escepte fajna ludo per la lingvo, kaj trie, pro la du iluzioj, unu ŝajna, alia vera, kiuj daŭre estas atribuataj al la lingvo de Zamenhof.

La unua "iluzio" estas senkiale atribuata al la verko de Zamenhof, kiam oni asertas, ke Esperanto estas pseŭdolingva kabineta ludo, ne vera lingvo. Tamen neniu kiu eldiras aŭ skribe mesaĝas tian aserton proponas por ĝi pruvon. Ošlak uzis komparon. Se oni farus surstratan enketon pri la opinio de la alparolito pri la lingvo bahasa, certe ĉiu, krom se iu fakte mem studis la plane konstruitan lingvon de Indonezio kaj almenaŭ povas en ĝi kompreni simplan gazetan artikolon, honeste dirus: "Pardonu, mi pri tiu lingvo ne havas scion kaj ideon, mi eĉ ne scias, kiu popolo ĝin parolas..." Kaj tia respondo estus serioza kaj honesta. Tiamaniere ĉiu homo helpe de siaj normala racio kaj honesto pritraktas kaj komentas ĉion, pri kio li aŭ ŝi ne havas scion kaj sperton. Sed se temas pri Esperanto, tiu ĝenerala regulo ĉesas validi. Pri Esperanto ĉiu, eĉ analfabeto en propra lingvo, estas "profesoro", kiu tute precize scias, ke Esperanto ne estas vera lingvo, kiu povus plenumi la ideon de ĝia konstruinto... La faktoj, kiujn oni povas ĉiam facile prezenti kaj pruvi la malon de tia riproĉo al Esperanto kiel iluzio, tamen pruvas, ke Esperanto kun sia kultura, scienca kaj beletra rikolto certe ne povas konkuri kun la riĉaĵoj dum jarcentoj aŭ eĉ jarmiloj akumuliĝintaj ĉe la popoloj kun granda kultura tradicio. Tamen la litaraturaj atingoj de Esperanto, akumuliĝintaj dum 138 jaroj de ĝia ĝisnuna ekzisto, pruvas, ke Esperanto kiel lingva sistemo kaj kiel uzata lingvo ne estas iluzio, sed pruvebla, evidenta realo, krom por neraciaj "fakuloj" pri tiu ĉi temo, por kiuj sufiĉas ie aŭdi stultan antaŭjuĝon, kaj jam ili sin sentas kompetentaj pri la afero, kiu por normale raciaj homoj postulas almenaŭ bazan scipovon de la lingvo kun almenaŭ unu el bazaj beletraj libroj legitaj, kiel *La verda koro* de Julio Baghy... Se persono A en Esperanto diras: Fermu la pordon, kaj la persono B alpaŝas kaj fermas la pordon, tio pruvas, ke la lingvo funkcias. Se persono B rakontas al la persono A ŝercon en Esperanto, kaj tiu bone ridas, tio por ĉiu normale racia observanto pruvas, ke la lingvo funkcias. Kaj se persono A diras al persono B insultajn kaj forte ofendajn vortojn, kaj persono B donacas reage al persono A vangofrapon, tio povus havi jurajn konsekvencojn por ili ambaŭ, sed precipe tio same pruvas, ke la lingvo funkcias.

La romano de Spomenka Štimec estas laŭ Ošlak elstara pruvo, ke la lingvo, per kiu ŝi la romanon verkis, ne nur funkcias, sed ke ĝi en spertaj manoj povas esti tre bona vehiklo de beletraj lingvaj fajnaĵoj, da kiaj *Ombro sur interna pejzaĝo* abunde plenas. Ne la lingvo de

Zamenhof estas lingva iluzio, sed la kredo de tiom multaj homoj, ke per la angla la lingva problemo de la homaro estas definitive solvita, estas nepardonebla iluzio, eliranta el la kreskanta konformismo de la nuntempa homtipo, speciale en la t.n. "altevoluinta" okcidenta hemisfero, kiu verdire laŭ diversaj manieroj kaj niveloj estingas sian propran ekziston. Ĝuste pro tio Ošlak kredas, ke en la dua senco Esperanto fakte estas iluzio. Nome, ke en tia mondo, kian ni havas, ĝi povus esti interkonsente ĝenerale akceptita kiel la sola solvo, samtempe racia, por ĉiuj disponigebla kaj samtempe plene justa. Tiu ĉi mondo orientiĝas nek laŭ racio nek laŭ justeco, sed laŭ momenta profito kaj konformeco – kaj en tia mondo regas darvinecaj leĝoj de la daŭra "lukto por daŭra esto", en kiu pli fortaj fiŝoj manĝas la malpli fortajn. Kial do Ošlak mem insistas uzi Esperanton, se li ne kredas, ke la mondo iam ajn tiun ĉi aŭ similan lingvon akceptos, ke tio vere estas socia iluzio? Lia respondo referencas je la evangelia principo, ke oni senkondiĉe faru tion, kion oni prenas por prava, senrigarde la ŝancojn de sukceso ĉe aliaj. Jesuo en sia surmonta parolado diras: *"Feliĉaj estas la pacigantoj, ĉar filoj de Dio ili estos nomataj"* (Mat 5,9). Tamen li ankaŭ instruas la realon de tiu ĉi mondo: *"Ĉu vi supozas, ke mi alvenis, por doni pacon sur la tero? Mi diras al vi: Ne, sed pli vere disigon"* (Lk 12,51). Kial disigon, ĉu eĉ la Filo de Dio estas malpaca aganto? Ne, sed ĉar inter vero kaj mensogo, inter justo kaj maljusto ne troviĝas loko por vera paco! Kaj fine li promesas, ke li alprenos veran pacon, la homaro mem tion ne povas atingi, ĝi povas atingi nur intertempajn armisticojn: *"Pacon mi lasas al vi; mian pacon mi donas al vi; ne kiel la mondo donas, mi donas al vi"* (Joh 14,27). Kaj same pri la lingvo, same pri ekologio, same pri socia justeco ktp. La solan ŝancon por la lingvo farita de la judo Zamenhof Ošlak vidas en la judo Jesuo Kristo, se oni utiligus Esperanton unuarange por disvastigi per ĝi la instruon de Jesuo, se tiel Jesuo mem fariĝus "esperantisto", la lingvo en lia regno povus esti elektita, nome de li mem, la komuna lingvo de ĉiuj popoloj...

Tiu dua iluzio ludas la ĉefan rolon en la romano de Spomenka Štimec. Konkrete temas pri la iluzio, tre ofta en la esperantistaro, ke internacia geedzeco helpe de Esperanto, kiun parolas ambaŭ partneroj en tia geedzeco, havas pli bonajn ŝancojn sukcesi kaj daŭri "ĝis la morto vin disigos", kiel tekstas la eklezia geedziĝa rito. La vivo kaj same la ĉi tie priparolata romano montras, ke tio estas iluzio. Komuna lingvo ne estas aŭtomate jam komuna kredo, komuna pensmaniero, komuna koncepto pri geedzeca vivo. Same kiel grandaj militoj estis luktitaj spite la fakton, ke ambaŭ aŭ eĉ pli ol du armeoj interbatalantaj parolis la saman lingvon. Sobriga ekzemplo de tio estis la milito inter la nordaj kaj sudaj federaciaj ŝtatoj de Usono, ambaŭ parolantaj la saman anglan lingvon. Simile, en la 30-jara milito inter la nordaj protestantaj kaj sudaj romkatolikaj provincoj de la Sankta Roma Imperio, ambaŭ flankoj parolis ĉefe la saman germanan lingvon. Ankaŭ la interbatiĝantaj serbaj, kroataj kaj bosniaj (islamanaj) armeoj kaj privataj milicoj post la disiĝo de Jugoslavio parolis preskaŭ la saman lingvon, almenaŭ ĉiu povis kompreni ĉiun, kaj tamen tio estis unu el la plej kruelaj militadoj. Kial en la malgranda kadro de la geedzeco la aferoj okazu alimaniere? Tiel la iluzio, rilate Esperanton, en la romano *Ombro sur interna pejzaĝo* ludas la ĉefan enhavan rolon kaj bonege ilustras la naivecon de la malprofunda esperanta ideologio. La protagonistoj de tia naiveco ne konscias, ke ĝuste iliaj iluzioj ĵetas sur la lingvon, de kiu ili atendas pli ol ĝi doni povas, ombron de malbona renomo ĉe la nekonantoj de la esperantaj ideo kaj historio.

Post mallonga interparolo kun la aŭtorino sekvis raporto de Spomenka Štimec pri siaj familiaj kaj personaj rilatoj kun Slovenio. Ŝi daŭre flegas kontaktojn kun kelkaj slovenaj beletraj aŭtoroj kaj foje peras iliajn librojn helpe de Esperanto, eĉ ĝis Barato kaj aliaj malproksimaj landoj. Tiel ŝi peris la libron de Tone Partljič, tre populara slovena verkisto kaj dramisto, *Hotel sem prijeti sonce* (Mi volis tuŝi la sunon) en la bengalan helpe de la esperanta traduko, el kiu la libro estis tradukita en la bengalan.

Ŝi parolis ankaŭ pri bedaŭrinde jam forgesita, tamen tre grava esperantisto en Mariburgo, Leo Novak[1], kiu dum la germana okupacio de Slovenio estis fare de Gestapo arestita, torturita kaj fine mortigita. Ŝi volas kontribui, ke lia nomo ne perdiĝu en plena forgeso. Leo Novak estis ankaŭ muzika komponisto kaj tradukisto. Tiel li tradukis al Esperanto el la poezioj de la dua plej grava slovena poeto, Oton Župančič (1878-1949).

1   Vidu pri li en *BA42*, p. 103-107 – *Red.*

Kalkato, Barato. Fotis: Nazish Mirekar. Fonto: unsplash.com

# Helpo rezisti tradiciajn
# **misargumentojn**

de Ryszard Rokicki

*Vortfarado en Esperanto. Funkcigramatika analizo*, de Wim Jansen, Bero, Rotterdam, 2024, 130 p., ISBN 9781882251483.

La problemo de la tiel nomata gramatika karaktero de Esperantaj radikoj estas diskutata kaj remaĉata dum pli ol jarcento de diversaj esperantologoj, ĉu amatoraj ĉu profesiaj. Wim Jansen estas unu el tiuj, kiuj decidis alfronti la problemon de ekster Esperanto. Ĉi-cele li aplikas la teorian kadron de Funkcia Diskurs-Gramatiko, la hejma teorio de la Universitato de Amsterdamo, kie li dum pluraj jaroj gvidis katedron pri interlingvistiko kaj Esperanto.

Jam de kelkaj jardekoj ni scias, ke la priskribo de la Esperanta vortfarado prezentita en *Plena Analiza Gramatiko (PAG)* ne estas tia, kian farus profesiaj lingvistoj. Wim Jansen sukcese respondas al la defie provoka konstato de Michel Duc Goninaz, ke "priskribi la esperantlingvan vortkonstruon fariĝos per aliaj metodoj, ol ĝisnunaj" (2009). Kiel profesia lingvisto, li alfrontas la temaron el por esperantistoj tute nova perspektivo. Li proponas lingvan analizon sur kvar sinsekvaj niveloj: pragmatika, semantika, morfosintaksa kaj fonologia.

En la unua ĉapitro, dediĉita al la Esperantaj parolpartoj, Jansen limigas siajn konsiderojn al la semantika nivelo, kie rolas la radikoj, kaj al la morfosintaksa, kie rolas plenaj vortoj. En la dua ĉapitro, li analizas la perafiksan derivadon de kompleksaj vortoj. La tria ĉapitro estas dediĉita al kunmetitaj vortoj konsistantaj el pli ol unu radiko. La kvara ĉapitro pritraktas la fenomenon de enkorpigado, t.e. kunmetiĝo de vortoj kun vortoj. Kio gravas: en sia studo li analizas nur dokumentitajn lingvouzojn. Jansen uzas la terminon "parolparto" por radikoj kaj vortoj kune. Laŭ lia koncepto la parolpartoj rolas neŭtre inter la niveloj de semantiko kaj tiu de sintakso. Tia percepto de parolpartoj permesas kategoriigi la radikojn laŭ ilia semantiko kaj rezigni pri la tradicia disklasigo laŭ ilia traduko per substantivo, verbo ktp. Nur la plenaj vortoj estas kategoriigataj laŭ sintaksaj klasoj. Ekzemple, la radikon *parol* troviĝantan sur la semantika nivelo eblas bone vortigi kun la sintaksnivelaj finaĵoj -*o*, -*a*, -*i* kaj -*e*, ĉar ĝi enhavas ĉiujn necesajn signiferojn por aperi en ilia kunteksto. La vorton (en nia ekzemplo *paroli*), kiu apartenas al la sama parolparta klaso kiel la tradukvortoj en la Universala Vortaro, li nomas la *primara vortigo* de la radiko *parol*. La ceteraj tri estas *neprimaraj vortigoj* de *parol*, kiu daŭre restas neŭtra radiko. Tiu lingvopriskriba manovro permesas al Jansen konkludi, ke la Esperantaj radikoj estas "flekseblaj membroj de unumembra parolparta sistemo sur la nivelo de semantiko", kontraste al 3- aŭ 4-membraj sistemoj funkciantaj en la lingvoj servantaj kiel fontlingvoj de Esperanto.

Kompari la priskribon de Jansen kun tiu de *PAG* ne estus utile, ĉar la du verkoj estis faritaj en principe malsamaj cirkonstancoj kaj kun malsamaj celoj. La priskribo de profesiulo memkomprenebla superas tiun de amatoroj. Tamen, ili havas unu komunaĵon: kaj la koncepto pri la primara vortigo de radikoj ĉe Jansen kaj la teorio pri gramatika karaktero de la radikoj ĉe R. de Saussure kaj K. Kalocsay estas bazitaj sur la sama kriterio – laŭparolpartaj tradukoj en la komparlingvoj de *Universala Vortaro*. Sugestinde estas trovi kriteriojn ene de la lingvo prefere ol en ĝia priskribformo, eĉ se tiu estas la Zamenhofa Fundamento. Ekz. en la Baza Radikaro Oficiala troviĝas notoj pri dukategorieco de kelkaj radikoj, kio montras ne nur disvolviĝon de la lingvo, sed ankaŭ sugestas evoluon de ĝia priskribo. Al tiu problemo ŝajnas aludi Jansen pritraktante la signifon de la vorto *teatra* (ekz. *teatra lamentado*). Lia-opinie la en-*PIV*-a difino enhavas multe pli ol tio, kio estas esprimata en: *teatra bileto, teatra direktoro, teatra konstruaĵo* (= teatro) aŭ en *teatro* mem (= konstruaĵo). Por solvi tiun problemon li konsideras enkonduki sufikson X (-*iks*), kiu obligas distingi la supre menciitajn uzojn de la vorto disde la *teatra* aplikita en *teatra lamentado*. La uzon de la sufikso *-ec* en tiu kunteksto li opinias "ŝajnsolvo" i.a. pro tio, ke la Fundamento donas "neklaran difinon" de ĝi, el kio povas rezulti misinterpretoj kaj ties neunuecaj aplikoj. En ĉapitro pri derivado analizante la uzadon de la sufikso *-ec*, li interalie daŭrigas sian argumentadon pri la utileco de la sufikso *-iks*: oni povus per ĝi distingi inter ies *heroa ago* (= ago de efektiva heroo) kaj *ago \*heroiksa* (= ago de iu, kiu ne estas heroo, sed agas laŭe).

Per la supre skizita prezento pri la funkciado de la sufikso *-ec*, Jansen tuŝas pli ampleksan kaj malfacile solveblan problemon: la lingvouzanto esprimante sian enhave abundan komunikan intencon, formulitan sur la pragmatika nivelo, havas je sia dispono relative malmultajn lingverojn troviĝantajn sur la semantika kaj sintaksa niveloj.

Wim Jansen per sia verko prezentas kompetentan priesperantan kontribuon al la ĝenerala lingvoscienco. Lia modelo de vortfarado superanta la tradician lingvodidaktikan nivelon certe bone akceptiĝos en la universitata lingvista medio kaj eble eĉ vekos seriozan intereson pri la lingvo. Al esperantistoj – kio gravas pli (!) – lia verko donas eblon konatiĝi kun profesiaj metodoj priskribi la lingvon. Espereble tio stimule efikos ankaŭ sur la didaktikon de nia lingvo. La pli trafa (t.e. ne nepre laŭvorta) interpreto de la Zamenhofaj reguloj, kiun Jansen proponas, pro sia pli forta klariga kapablo ebligas al lingvokonsciaj uzantoj rezisti plurajn misargumentojn forte enradikiĝintajn en niaj tradiciaj konsultverkoj.

# Grava verko en brila traduko kaj modela diskonigo

de Miguel Fernández

*Sinjorino en ruĝo sur griza fono*, de Miguel Delibes, tradukita de Antonio Valén, Mondial, Novjorko, 2023, 92p., ISBN 9781595694478.

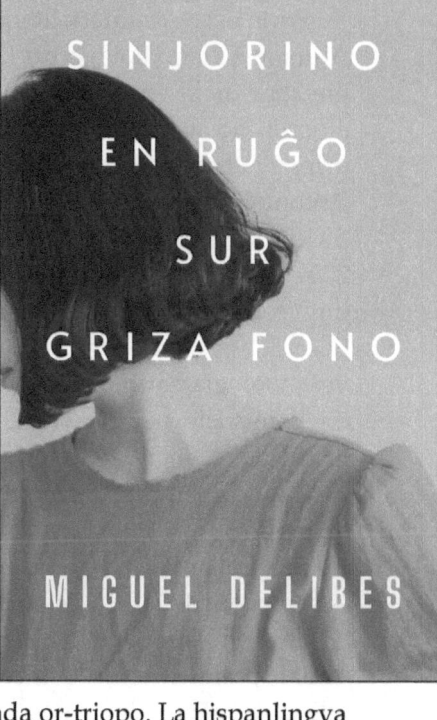

Laŭ la neforgesebla tradukmajstro Fernando de Diego, dank' al kies plej valoraj instruoj kelkaj el ni hispanaj beletramaj esperantistoj kaptiĝis de pasio al traduk-arto, oni esperantigu nur bonegajn verkojn de grandaj aŭtoroj. Kaj tiun laboron faru nur literatur-amaj plenaj posedantoj de la font- kaj la cel-lingvo. Al tio, giganta figuro de la Esperanta beletro, majstro Gaston Waringhien, aldonis, ke ne endus publikigi Esperantan ajnon pli frue ne reviziitan de pluraj kompetentuloj el laŭeble plej diversaj lingvo-regionoj.

*Sinjorino en ruĝo sur griza fono* strikte laŭiĝas al tiu traduka postulenda or-triopo. La hispanlingva originalo temas pri alte taksata verko de Miguel Delibes (1920-2010), unu el la grandaj hispanaj romanistoj aperintaj post la Hispana Enlanda Milito (1936-1939). Estinte simpla redakciano de la ĵurnalo *El Norte de Castilla* [Norde de Kastilio], kie li sukcesis atingi la postenon de direktoro, li komencis verki en 1947. Lia unua romano, publikigita tiujare, *La sombra del ciprés es alargada* [Longas la ombro de l' cipreso], ricevis la prestiĝan premion nomatan *Premio Nadal*, en 1947. Multaj grandaj sukcesoj sekvis poste: *Diario de un cazador* [Taglibro de ĉasisto] (1955), *La hoja roja* [La ruĝa folio] (1959), *Las ratas* [La ratoj] (1962), *Cinco horas con Mario* [Kvin horoj kun Mario] (1968), *Los santos inocentes* [La sanktaj inocentoj¹] (1981) ktp ktp ktp. En 1973, li estis elektita membro de RAE (Hispana Lingvo-Akademio). Sekvis poste pliaj gravaj premioj: *Premio de la crítica* [Premio el la Kritikistaro], en 1962, pro *Las ratas*, *Premio Príncipe de Asturias* [Premio Princo de Asturio] (1982), *Premio de narrativa* [Premio pri rakont-arto], pro *El hereje* [La herezulo], kaj, fine, la pleje grava el ili ĉiuj, la *Premio Cervantes*, en 1993...

El ĉio ĝis nun dirita, la eminenteco de la aŭtoro kaj de ties verkaro ŝajnas do pli ol klara.

Pri la eksterordinara literatura kompetenteco de la tradukinto, Antonio Valén, filologo pri la hispana, instruisto pri la franca kaj membro de la t.n. Ibera Skolo, mi, kiel amiko lia jam de la 1990-aj jaroj, povas atesti. Kiom da belaj horoj en gaja pribeletra kaj prilingva babilado ni pasigis, ĉiufoje, kiam li vizitis Madridon! Kiel Antonio ĝuis komentante la belajn lingvajn trafojn kaj proponojn de K. Kalocsay, G. Waringhien, W. Auld kaj Fernando de Diego! En 2004, ĉiujn siajn sciojn, analizojn kaj konkludojn pri la Esperantaj lingvo, literaturo kaj sociologia realaĵo li resumis en sia hispanlingva libro *El esperanto: lengua y cultura* [Esperanto: lingvo kaj kulturo], vera filologia perlo. Poste li vizitis la majstron Fernando de Diego en Venezuelo por ricevi de li ĉiujn diskedojn kun la tekstoj de la Diego'a *Gran Diccionario Español-Esperanto* [Granda Vortaro Hispana-Esperanta]. Reveninte Hispanien, Valén invitis grupon da hispanaj E-verkistoj, inter ili min mem, kunlabori por la pretigo de tiu juvelo. Jam de longe tiu monumenta vortarego libere alireblas sur retpaĝoj de HEF (Hispana Esperanto-Federacio)².

En 1999, la poemo *Amafer' iama*, de Antonio Valén, ricevis la unuan premion en la branĉo Poezio de la Belartaj Konkursoj de UEA. Nuntempe li agadas kiel BK-juĝkomisionano en la branĉoj Eseo kaj Mikronovelo.

Do la dua ero el la trio da elementoj esencaj por la entrepreno de digna traduko, nome esperantiganto literatur-ama kun plena posedo de la font- kaj la cel-lingvo, ŝajnas pli ol evidenta, ĉu ne?

Kaj kion diri pri la tria el tiaj eroj: reviziado far pluraj kompetentuloj el laŭeble plej diversaj lingvo-regionoj? Temas ĉi-okaze pri

---

1    **inocento**: tiu, kiun ne malpurigis la malbono. F. *un innocent* (H. Vatré: *Neologisma glosaro*)

2    Ĉe esperanto.es/diccionario-en-linea aŭ aux.esperanto.es/vortaro

escepta triopo da plej spertaj esperantistoj: István Ertl, literaturisto, kies denaska lingvo, la hungara, ne apartenas al la hindeŭropa familio, kaj la E-poetoj Gonçalo Neves kaj Suso Moinhos, kies denaskaj lingvoj, la portugala respektive la galega, apartenas al la latinida trunko.

Sed kio do pri la enhavo? Ni vidu: La esprimo *Sinjorino en ruĝo sur griza fono* povus impresi kiel titolo de pentraĵo. Nu, tiu pentraĵo ekzistas. Ĝin aŭtoris la pentristo Eduardo García Benito (1962) kaj ĝi pendis sur muro en la privata oficejo de la verkisto Miguel Delibes. Ĝi prezentas la figuron de lia edzino, Ángeles de Castro, la homo, kiu instigis lin al verkado, kiu "faciligis la penon vivi per sia nura ĉeesto" kaj kiu mortis post longa malsano. La romano aperis 17 jarojn post ŝia forpaso, ĉar Delibes sentis sin morale ŝulda al tiu mirinda virino, kiu i.a. nuligis sin (rezignis siajn studojn) por dediĉi sin al li. Kaj en ĉi verko, iuspeca bela elegia monologo, Delibes alprenas la personecon de la rakontanto, Nicolás, fama pentristo en krizo, kiu rakontas sian historion kun la edzino, Ana, al unu el iliaj filinoj ĵus elprizonigita post malliberiĝo pro politikaj kialoj kadre de la naci-katolikisma Franco'a diktaturo.

Nicolás poiome prezentas en sia rakonto la multajn kaj eksterordinarajn belojn tiel fizikajn kiel moralajn en la sorĉa naturo de Ana. Legante ilin, min kaptis la memoro de ĉiuj mirindaj virinoj, kiujn mi amis aŭ de la virino, kiun mi amas. Dumlege oni sentas la guston de ĉio inteligenta, senartifika, animtuŝa, gracia, kontraŭkonvencia... kio konsistigis kaj ornamis tiun apartan homon. Sed mi devas konfesi, ke, sen perdi mian admiron al ŝi, en la lasta parto de la libro min tedis pluraj el ŝiaj evidentaj troaj perfektaĵoj. Eble, en sia deziro omaĝi al la edzino kaj danki ŝin pro ĉio bona, kion li ricevis de ŝi, la aŭtoro troigas.

Jam de la komenco de la verko ekzistas paralelismo inter la malsano kaj morto de Ana kaj tiuj de la diktatoro Franco. Plie, ili ambaŭ mortas en la sama tago. Ja estas iom da sarkasmo en ĉi sinkronigo, kiel Nicolás mem komentas iom antaŭ ol li finas sian rakonton: "Estiĝis makabra bokso por scii, kiu transvivos kiun". En siaj verkoj, Delibes ne malofte kritikis la naci-katolikisman politikan-socian sistemon, al kies starigo, tamen, li mem kontribuis rekrutiĝante, post la eksplodo de la hispana enlanda milito, kiel volontulo en la mararmeo de la puĉintoj. Ja kiu semas venton, rikoltos fulmotondron! En *Cinco horas con Mario*, kiun kelkaj rigardas lia majstroverko, virino privigilas la kadavron de la edzo, antaŭ kiu, samkiel Nicolás en *Sinjorino en ruĝo sur griza fono*, ŝi longe monologas. Tiel Delibes prezentas kvazaŭ senkompatan pentraĵon de la burĝa konservativa virino en la naci-katolikisma Hispanio. La verko estis adaptita al la teatro kaj, tiel en la 1980-aj jaroj kiel en 2018, 2019 kaj 2021, ĝi rikoltis sennombrajn laŭrojn kaj aplaŭdojn en prezentado far la granda hispana aktorino Lola Herrera. Simile, en adapto al la teatro kaj en same splenda prezentado far la hispana granda majstro de la scena arto, José Sacristán, persona amiko de Delibes, *Sinjorino en ruĝo* ade triumfadas de 2018 ĝis la nuna momento. La "griza fono" en ĝi rilatas tiel al la malsano de Ana / Ángeles kiel al la epoko, kiam oni subpremadis liberojn en la diktaturo Hispanio de Franco kaj de ties armita (la armeo) kaj spirita (la "Sankta Patrino Eklezio") brakoj.

La verkoj de Miguel Delibes do ĝenerale montriĝas plej adapteblaj al la teatro. Ne nur. Ankaŭ ekspluatindajn kinematografiajn valorojn pluraj el ili posedas. Jen kiel pruvo la filmo de Mario Camus *Los santos inocentes*, bazita sur la samnoma romano de Miguel Delibes, vera denunco de la kruela subpremado kaj naŭza humiligo far hispanaj terposedantoj al iliaj "servutuloj" en la dudeka jarcento. Ĝi gajnis la t.n. specialan mencion far la ĵurio en la fama Cannes-Kinfestivalo en 1984, kie, krome, la hispanaj aktoregoj Alfredo Landa kaj Paco Rabal ricevis en egaleco la premion pri interpretado en la kategorio viroj.

Nu, min ĉarmus spekti teatran adapton de la esperantlingva *Sinjorino en ruĝo sur griza fono*, en prezentado far iu el niaj grandaj aktoroj (Saša Pilipović, Georgo Handzlik...). Kaj de sur ĉi paĝo mi direktas al ili mian inviton al tio, regali nin per sia multfoje pruvita alta sursceneja artisteco alprenante la rolon de la pentristo Nicolás en rakontado de la mirindaĵoj ĉe Ana, la edzino. Kiel mi kaj multaj aliaj esperantistoj feliĉus!

Ĝenerale, en la recenzoj pri E-verkoj ne mankas io apenaŭ menciata en la plimulto de la nacilingvaj publikaĵoj: la lingva (mal)pureco de la recenzata teksto, laŭ la vidpunktoj de la recenzanto. Persone mi spertis tiaĵon en maniero, kiu gapigis (kaj nun plue gapigas) min. Recenze pri unu el miaj esperantigitaj libroj, kolego kaj amiko mia ("kontraŭ amikoj gardu min di', kontraŭ malamikoj min gardas mi") vortigis, ke li nenion diros pri la kvincentpaĝa

RECENZO

enhavo de la libro (kompreneble, des malpli pri espereblaj lingvaj bonaĵoj en tiel longa verko), ĉar li volas paroli nur pri eraroj kaj de li malŝatataj uzoj en la teksto. Kaj li senĝene tion faris! Jen vi havas! Memkompreneble, kiel recenzanto, mi, kaj la plimulto el la kolegoj, kondutas alimaniere. La lingvan angulon en recenzataĵoj mi ja komentas, sed, se temas pri verkoj kun la garantioj kaj la evidentoj pri kvalito ĉiupaĝe palpeblaj en ĉi romano, kie la lingvo lirlas, mi vortumas tiujn lingvajn aspektojn ne laŭajn al miaj uzoj. Nu, ĉi-okaze min frapis ĉefe la akuzativigo de substantivoj kaj adjektivoj rolantaj, miakomprene, kiel objektaj predikativoj.

Alitipa minuso, miapercepte, koncernas la notojn (ĉi-okaze ties mankon). Persone mi konscias pri tio, ke tre povas esti, ke mi troigas ĉi-punkte. En miaj tradukitaj verkoj, ĝenerale, abundas notoj kaj klarigoj. Mi aspiras al tio proksimigi miajn komprenojn pri la verko al ĉiu leganto interesata pri eniĝo en ties esencon. Kompreneble, ne ĉiuj legantoj havas tiajn interesojn, sed malŝatantoj de notoj, klarigoj, antaŭ- kaj post-paroloj ktp tre povas simple preteri ilin, kiel mi mem kiel leganto faras en kelkaj okazoj. Kia problemo do staras en tio? En *Sinjorino en ruĝo*, krom treege mallonga sciigo pri la aŭtoro kaj iom pli longa klarigo pri la enhavo, legeblaj sur la dorsa parto de la kovrilo, estas nur tri mallongaj piedpaĝaj notoj, el kiuj nur unu rilatas al la intrigo. Sed, kiel dirite, esencas en la romano la politika-socia etoso en tiuj jaroj da subpremado far la faŝisma Franko'a reĝimo, kiu enprizonigis, interalie, paron da gefiloj de la geprotagonistoj Nicolás kaj Ana. Ekzemple, la ĉe ni hispanoj renoma "Proceso 1001", kontraŭ famaj sindikatistoj, okazinta en 1973, nome du jarojn antaŭ la forpaso de la diktatoro Franco, super-ŝvebas la romanon, kaj tamen neniu pria klariga noto aperas en la libro. Eĉ pli, tiu esprimo aperas minuskle kaj ne intercitile ktp ktp ktp.

Cetere, elstarigindas la rolo de HEF (Hispana Esperanto-Federacio) kaj de ties fondaĵo *Fundación Esperanto*, "kiu malavare pagis la traduk-rajton", en la apero de la libro kaj en diskonigo pere de hispanaj amasmedioj de tiu Esperanta kontribuo al la internacieco de *Señora de rojo sobre fondo gris* kaj de Miguel Delibes. En mia "Raporto de la Prezidanto" de la Belartaj Konkursoj de UEA ene de *Belarta rikolto 2023* mi diris jenon:

"Ĉi-okaze HEF (Hispana Esperanto-Federacio) raportis prie al du el la plej gravaj hispanaj novaĵ-agentejoj, kaj ĉi tiuj plej efike distrumpetis ĉi aferon en radioj kaj ĵurnaloj. Bele farite! Jen la sekvenda vojo! Esperantigo de grandaj verkoj de la hispana literaturo bonas por ke esperantistoj ne parolantaj la hispanan ĝuu ilin, sed tio samtempe povas efiki pozitive sur la hispanan publikon ekster Esperantujo por konsciigi ĝin pri la graveco de Esperanto kiel ilo por diskonigo de juveloj de la hispana literaturo kaj do pri la ŝatindeco de Esperanto. Sciigi la gazetaron pri niaj tradukoj, ĉefe se tiuj, kiel ĉi-okaze, estas ĉefverkoj en esperantigo de kompetentaj E-beletristoj, kiel, ekzemple, Antonio Valén, propagandas pri Esperanto pli pozitive ol distamtamado pri ties supozata facileco. Gratulon kaj dankon do al Antonio Valén pro lia temporaba, pacience prizorgita kaj sendube bona esperantigo; al Mondial pro ties kutime altnivela kaj profesia agado por la E-literaturo tiel originala kiel traduka; kaj al HEF pro ties efikaj gazetarkomunikoj pri niaj literaturaĵoj! De sur ĉi paĝo, mi invitas la tutmondajn E-asociojn praktiki la sistemon de 'elkatakombigo de la E-kulturo' plenumitan de HEF ĉi-okaze".

Adiaŭe, mi reproduktas por vi BA-legantoj fragmenteton de *Sinjorino en ruĝo sur griza fono*, por ke vi gustumu la lirlon de la tie uzita Esperanto:

*Ŝiaj ideoj pri belo kaj malbelo estis kategoriaj. Ŝi nature inklinis kontraŭ ĉio artefarita, okulfrapa, pretendema. En hejmoj ŝin agacetis la amasigo, la akumulado. Ŝi ŝatis la liberajn spacojn, la senornamajn meblojn, la simplan brilon de juglanda tablo. Kaj, inverse, ŝi abomenis vitrinojn, eksponejojn, luksaĵetojn, lede bind, tajn librojn, tro altajn pentraĵojn. En la naturo ŝi admiris ne la atendeblan ordon sed la malordon: la profundan kaoson de stelplena nokto aŭ la nepenetreblan denson de arbaro. En la naturo superfluis kvadratoj, rektaj linioj, mezurado. Kaj ankaŭ ŝajnigoj, kiel parko imitanta arbaron.*

Mi scias, ke Antonio Valén nun laboras super esperantigo de alia bona verko, *Réquiem por un campesino español*, de alia granda hispana verkisto, Ramón J. Sender. Senpacience mi atendas ĝian aperon. Antaŭen, Antonio!

Al vi ĉiuj, sanon kaj E-kulturon!

# La granda kaldrono
## denove presita

de Debra Hamel

*La granda kaldrono*, de John Francis, Esperanto-Asocio de Britio, Stoke-on-Trent, 2024, 626 p., ISBN 9780902756731. (Unue eldonita en 1978.)

*La granda kaldrono* estas originala Esperanto-romano verkita de John Francis kaj unue eldonita en 1978. Post kiam la libro elĉerpiĝis, ekzempleroj longtempe ne haveblis, kaj oni interesiĝis dum jaroj pri reeldono.[1] Finfine, iom post la morto de la aŭtoro en 2012, oni faris paŝojn tiucele. Esperanto-Asocio de Skotlando publikigis bitlibroversion en 2017, sed ankoraŭ mankis presitaj ekzempleroj.[2] Feliĉe, en 2024, Esperanto-Asocio de Britio havebligis novan eldonon, preparitan de la teksto el 1978 kaj "tre konservative" redaktitan de

1   Sten Johansson forte rekomendis reeldonon en sia recenzo de la libro: "La verko delonge estas elĉerpita en la libroservoj. Pli ol ĉiu ajn alia verko Esperanta, ĝi meritus reeldonon". "La granda romano", *BA15* (okt. 2012), p. 92. Tiu recenzo aperis kun malgrandaj ŝanĝoj en Sten Johansson, *Kroze-proze: Literatura esearo.* Eldona Societa Esperanto (Stockholm, 2013), p. 59-72. Tiu versio haveblas rete: literaturo.esperanto.net/roman/libr/grandkaldronrec.html. Vidu ankaŭ Baldur Ragnarsson, "John Francis: pintulo bezonas reeldonon", *Libera Folio* (2006). liberafolio.org/arkivo/www.liberafolio.org/2006/baldurfrancis/

2   Ankoraŭ aĉetebla: skotlando.org/publications. Pri la defioj prepari kaj publikigi la bitlibron, vidu liberafolio.org/2017/07/11/la-granda-kaldrono-bolas-spite-malpermeson

Edmund Grimley Evans.[3] La dika romano, kiu aperas en la baza legolisto de la originala Esperanto-literaturo kompilita de William Auld,[4] eble fortimigas pro sia longeco, sed fakte (kaj malgraŭ miaj kritikoj malsupre) ĝi estas ne nur leginda sed plaĉe legebla pro la flueco de la prozo.

La romano temas pri la spertoj de kvin ĉefroluloj – ĉiuj skotaj – dum la du mondmilitoj. (La aŭtoro transsaltas la intermilitan epokon.) Kvankam milito estas nepra elemento de la libro, ĝi ne vere estas fokuso. Ne temas pri la movado de armeoj aŭ la taktikaj decidoj de aŭtoritatoj, nek pri la Holokaŭsto: oni mencias naziismon nur unufoje kaj flanke (p. 322); Hitler apenaŭ aperas. Anstataŭe, la libro esploras kiel la protagonistoj kaj iliaj konatoj reagas al kaj estas trafitaj de milito. Aludoj al la progreso de batalado nur konsistigas la fonon sur kiu disvolviĝas la rakontoj de la ĉefroluloj.

La romano ofte saltas inter la du periodoj kaj kvin personoj. (La plej multaj el la 17 ĉapitroj traktas plurajn personojn, saltante de unu al alia, sed ĉapitroj 4, 6, 7, kaj 8 temigas po unu ĉefrolulon.) Tiu saltado povas esti konfuza, almenaŭ komence, kaj mia plej granda plendo pri la romano estas, ke ĝi ne bone orientas legantojn. Oni devas tro cerbumi por kompreni kio okazas. Ĉe la komenco legantoj ne scias, ĉu iu el la protagonistoj konas alian aŭ eĉ aktivas dum la sama periodo. (Ke kvar havas la saman familian nomon, Maclean, ne signifas, ke ili estas parencaj.) La cerbumado devigita por ekscii tiaĵojn malpliĝuigis al mi la legadon. La aldono de jaroj kiel subtitoloj de ĉapitro-dividaĵoj multe utilus tiurilate. Ankaŭ dezirindaj estas kronologio de historiaj eventoj menciitaj en la rakonto kaj mapo de aluditaj lokoj. (Mi kompreneble konscias, ke baldaŭa reeldono de la libro estas tre neverŝajna, sed eble miaj sugestoj povos realiĝi estontece.)

Aldone, mallonga biografiaro de la ĉefroluloj estus bonvena. Kiel gvidilo por legontoj, mi do kreis la jenan liston, kiu enhavas

---

3   La teksto de la presita versio do ne estas tute sama kiel tiu de la bitlibro. Grimley Evans pritraktas siajn redaktojn en "Notoj pri la teksto" ĉe la fino de la libro. Aliaj ĉefinaĵoj – inkluzive de mallonga glosaro, du mallongaj notoj, kaj proksimume du paĝoj kun klarigoj de nomoj menciitaj en la romano – "supozeble estas de Francis mem" (p. 621). Rilate al korektoj, mi rimarkas, ke la esperantigo de nomoj ne ĉiam estas traktata same. "Donald" kutime aperas sen o-finaĵo, sed "Donaldo" aperas dufoje (p. 396, 397). La akuzativo kutime estas "Donaldon" (ofte) sed aperas ankaŭ kiel "Donald'on" (p. 492, 598). Aldone, ni vidas kiel akuzativojn kaj "Dunkan'on" (p. 529) kaj "Dunkan" (ekz. p. 71, 87) kaj "Ĝon" (p. 26) kaj "Ĝon'on" (p. 589).

4   literaturo.esperanto.net/bazleg.html

informojn pri tio, kion la personoj faras je la komenco de la libro, kaj la periodo, dum kiu ĉiu aktivas:

Dunkan Maclean: Kiam ni renkontas lin, li intencas transloĝiĝi al Glasgovo de la insulo proksime de Skotlando (Ejle)[5], kie li plenkreskis. Farinte tion, li ne povas trovi bonan postenon, aliĝas al la Skota Gvardio, kaj perŝipe veturas al Francujo en aŭgusto 1914 (p. 71).

Jano Gill: Li atendas informojn de la Aero-Ministerio, ĉar li volas aliĝi al la aerarmeo. Ŝajnas, ke li finis la mezlernejon antaŭ du monatoj kaj duono (p. 11). Estas frua septembro 1939.[6]

Donald Maclean: Li ludas sakfluton kaj estas membro de trupo (la Klano Macrae Sakflutaroj kaj Tamburoj), kaj je la komenco de la romano li estas partoprenonta muzikkonkurson. Kiel pacifisto, li luktas mense ĉu servi en la milito aŭ rifuzi kaj eble enkarceriĝi.

Ĝon Maclean: El la kvin ĉefroluloj, kvar estas fikciaj, sed Ĝon Maclean (kiel la noto sur p. 618 atentigas) estis historia persono (1879-1923)[7]. Li estis skota socialisto, kiu kontraŭbatalis la Unuan Mondmiliton. Kiam la romano komenciĝas, li laboras kiel instruisto en Glasgovo.[8] Ŝajnas esti 1913.[9]

Ina Maclean: Ŝi laboras en Londono kiel servisto sub la aŭtoritato de tirana dommastrino. Ŝi plenkreskis sur insulo,[10] transloĝiĝis al Glasgovo, kaj poste iris al Londono du jarojn antaŭ ol ni renkontas ŝin. La Unua Mondmilito jam komenciĝis. Ŝajnas esti printempo de 1915.[11]

---

5   Mi ne scias al kiu realviva insulo "Ejle" rilatas, sed *eilean* en la skota signifas "insulo" kaj aperas en multaj loknomoj.

6   Germanujo jam invadis Pollandon (sept. 1, 1939; p. 12, 51), sed Chamberlain ankoraŭ ne anoncis, ke Anglujo estas en milito (sept. 3, 1939; p. 52).

7   Tiele. La noto indikas, ke li mortis en 1924.

8   en.wikipedia.org/wiki/Lorne_Street_Primary_School

9   Aferoj de la somero priskribitaj sur p. 18 kun marxists.org/archive/maclean/ 1913/scottish-notes.htm; "Lastan jaron miliono da ministoj strikis" (p. 19) kun en.wikipedia.org/wiki/1912_United_Kingdom_national_coal_strike

10  Poste ni ekscias, ke tiu insulo estas Ejle: kp. noton 5 supre. Sur p. 108 ni informiĝas, ke ŝiaj praavoj devenis de Mull.

11  P. 96. La kronologio de ŝia transloĝiĝo al Londono estas konfuza. Ni ekscias, ke "ŝi venis Londonon en la jaro de la granda ekspozicio ĉe Wembley" (p. 14). Tio ŝajne aludas al la Brita Imperio-Ekspozicio, kiu okazis ĉe Wembley en 1924 kaj 1925 (en.wikipedia.org/wiki/British_Empire_Exhibition). Se jes, mi opinias, ke la supra frazo estas malĝusta, ĉar ne eblas, ke Ina transloĝiĝis al Londono tiel malfrue. Oni proponis okazigon de la Brita Imperio-Ekspozicio ankaŭ en pli fruaj jaroj, sed militoj prokrastigis ĝin. Eble la prokrasto konfuzis la aludon ĉi tie.

Ŝajnas klare, ke la verkisto ne volis, ke legantoj sciu dekomence kiel aŭ ĉu la ĉefroluloj konas unu la alian. Li malkaŝas tiajn informojn gute, foje post centoj da paĝoj. Ekzemple, ni eksciaas nur sur p. 112, ke du el la personoj estas konatoj, kaj rivelo de la kielo de ilia rilato atendas pliajn 52 paĝojn. Informoj pri alia rilato atendas ĝis p. 356. Mi taksas grava la verkistajn intencojn kaj kutime ne volus disponigi malkaŝaĵojn. Tamen, aliaj diskutoj pri la romano jam malkaŝas multon ĉi-rilate,[12] kaj mi kredas, ke ĉi-okaze rivelo verŝajne igus la romanon malpli konfuza kaj do pli ĝuebla. Tial, jen familio-arbo por helpi legantojn, kiuj ne volas atendi la aŭtorajn lumigojn. Legontoj, kiuj volas resti sensciaj, devas forturni la okulojn:

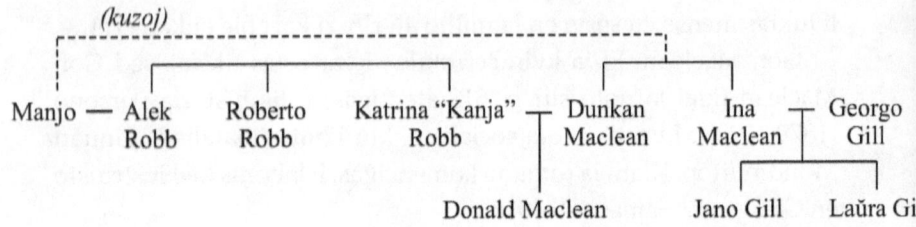

(kuzoj)

Manjo — Alek Robb   Roberto Robb   Katrina "Kanja" Robb — Dunkan Maclean   Ina Maclean — Georgo Gill

Donald Maclean        Jano Gill   Laŭra Gi

Rimarku, ke Ĝon Maclean ne estas parenco de la aliaj kvar ĉefroluloj.

## Paraleleco inter la du militoj

Recenzistoj komentis, ke la saltado inter tempoperiodoj, kvankam konfuza, emfazas (supozeble intence) la similecon de militoj. Christian Declerck skribas:

"Francis traktas ambaŭ mondmilitojn. Kaj intence miksis ilin, ĉar ja… unu milito similas alian: kadavroj, ruinoj, kruelo… Sed tia subita salto de unu generacio (tio estas: de unu milito) al la alia – beletra artifiko de la aŭtoro – postulas de la leganto viglan atenton dum la legado".[13]

Simile, Sten Johansson skribas, ke "tia konfuziĝo ne estas nepra malavantaĝo, ĉar ĝi elstarigas la paralelojn de la du militepokoj".[14] Kaj laŭ William Auld la romano saltas tien-rien "kun celo intence

12 liberafolio.org/arkivo/www.liberafolio.org/2006/baldurfrancis/; literaturo. esperanto.net/roman/libr/grandkaldronrec.html; eo.wikipedia.org/wiki/La_granda_kaldrono

13 literaturo.esperanto.net/roman/libr/militroman.html

14 literaturo.esperanto.net/roman/libr/grandkaldronrec.html

kompara kaj paraleliga".[15] Tiun paralelecon substrekas priskriboj de similaj eventoj, kiuj okazas en la du tempoperiodoj. Antaŭ ol oni deklaras militon, ekzemple, kaj Dunkan kaj Donald asertas, ke "ne estos milito" – la du diroj apartigitaj de generacio sed en apudaj frazoj (p. 39). Sur p. 165, Dunkan esperas, ke virino, kiun li ŝatas, venos al la stacidomo por adiaŭi lin. Jano – du paĝojn kaj jardekojn poste – scivolas, kial konatino ne adiaŭis lin ĉe trajno (p. 167; ankaŭ Dunkan seniluziiĝis, p. 179). Frue en la libro, aparte vigla bildo montras la paralelecon inter la du militoj. Jano rigardas taĉmenton de volontuloj, el kiuj kelkaj estas konatoj, marŝantan preter lia ĝardenpordego. Ĝuste tie li iam imagis preskaŭ senfinan paradon de mortintoj de la pli frua milito:

"Jano memoris [artikolon], kiu klarigis kiom da tagoj (?), monatoj (?), jaroj (?), la mortintoj laŭvice pretermarŝus unu lokon. Li... tiam imagis la mortintojn preterpasantaj la ĝardenan pordegon. Sed ĉio ĉi estis inkubo de pasinta generacio, inkubo kiu, kiel la gilotino de la franca revolucio kaj la Granda Plago de Londono honorige allogas, sed ne povas tuŝi la nunan generacion, la realon – almenaŭ ne ĝis li vidis la taĉmenton de freŝvizaĝaj konatuloj marŝantaj laŭ la vojo, kie iam paradis en lia imago la grizaj, senfinaj vicoj de la ombroj" (p. 54-55).

Mi povas imagi filman adapton de tiu parado: vicoj da marŝantaj soldatoj en nigrablankaĵo dissolviĝas kaj anstataŭiĝas per viroj en koloro. (Kaj la spektanto konscias, komprenebla, ke multaj el ĉi lastaj baldaŭ mem fariĝos ombroj.)

### Granda amplekso

Kvankam la romano temigas plejparte manplenon da ordinaraj homoj, ĝia amplekso estas granda. Ĝi traktas ne nur la du mondmilitojn – kaj do temprilate estas larĝa – sed ankaŭ grandan gamon da spertoj. En la militoj, viroj mortas, vundiĝas, kripliĝas; ili restas entuziasmaj aŭ seniluziiĝas, deprimiĝas, drinkemiĝas. Ili venas hejmen en forpermeso kaj sendas leterojn de la fronto hejmen. Ili kartludas en subteraj bunkroj kaj zorgas pri la estonteco. Je la hejmfronto, patrinoj kaj edzinoj, fratinoj kaj amatinoj maltrankviliĝas kaj funebras kaj vizitas vunditojn en malsanulejoj.

---

15 *La Brita Esperantisto 15* (Jul.-Aug. 1978). literaturo.esperanto.net/be/grandkal-dronrec.html

Ili estas dungitaj por postenoj, kiujn ili ne rajtus plenigi antaŭ ol milito kreis laborvakuon. Ni legas pri la aranĝo de servistoj en domego en Londono kaj pri tiu de flugmaŝinoj en aerarmea kampo en orienta Anglujo.[16] Okazas funebra ceremonio kaj cindrigo, dancoj kaj muzikkonkursoj, kaj aĉeto de multekosta ĉapelo. Kaj tra la tuto, la romano temas pri rilatoj – inter amikoj kaj geedzoj, gepatroj kaj infanoj, amantoj kaj amindumantoj. La verkisto montras al legantoj tridimensian mondon vivigitan per multo da riĉe priskribitaj spertoj.

La romano koncernas ankaŭ multe da diversaj sintenoj al milito. Kelkaj junuloj entuziasme volontulas (tiuj "freŝvizaĝaj konatuloj" de Jano); kelkaj aliĝas nur devigitaj (p. 384: "mi ne iris, sed oni tiris"); kaj aliaj fariĝas prokonsciencaj militrifuzantoj. Donald longe luktas pri la decido ĉu servi. Eble surprize, lia elekto resti fidela al liaj principoj estas prezentita kiel kuraĝa, kaj eble eĉ kiel pli kuraĝa ol la decido batali. "Se li rezignos pri idealoj, la vojo estas glata" (p. 130), li pensas, ĉar tion la socio aprobas, dum rifuzantoj eble devos elteni aĉajn reagojn de konatoj. (Kiel Donald mem alfrontas: "Do mi diros al vi tute sincere ke, se dependus de mi la verdikto, mi pafigus kuglon en vin", p. 296.) Aldone, eĉ post la fino de milito, rifuzantoj daŭre spertos malkomfortajn interagojn: "Do la sekvoj daŭros eĉ post la milito" (p. 130). Ĉi-rilate estas interese, ke ĉiu el la kvar viraj protagonistoj estas priskribita kiel "heroo" iam en la libro, du kiuj batalis kaj du kiuj ne faris.[17]

## Profundeco de karakteroj

La verkisto do kreis grandan kanvason por sia romano, kaj li loĝigis en ĝi personojn, kiuj estis vivaj kaj kompleksaj, almenaŭ parte ĉar ni ofte konscias pri iliaj pensoj – ekzemple, la maltrankvilo de Jano rilata al lia nova posteno (p. 169-170); la neesprimitaj opinioj de Donald pri vundo, kiun amiko suferis kiel soldato (p. 431-432); kaj la pensoj de Ina pri aĉeto de tiu ĉapelo en Londono:

"Starante tie, rigardante senvide la ĉapelon antaŭ si, ŝi sentis kvazaŭ ŝi ŝvebas ĉe la rando de fatala vortico; sed kiel eviti ĝin? Ĉu enpaŝi la butikon tuj, kaj aĉeti la ĉapelon? Ĉu tuj iri hejmen sen ĝi?

---

16 P. 423. Pro la abundo de detaloj, ne surprizas, ke la verkisto servis en la Reĝa Flugarmeo dum la Dua Mondmilito: esperanto.org.uk/news/charity/centjari%C4%9Do-de-john-francis/

17 Ĝon Maclean kaj Donald, p. 596; Jano, p. 604; Dunkan, p. 606.

Jen la eblaj solvoj; sed la unua paŝo en iun el tiuj povus esti la paŝo kiu kondukos ŝin en la altiron; la ŝajna vojo el la fatalo povus esti la fatalo mem" (p. 235).

Precipe Ina estas tre bone portretita persono. Malfrue en la libro, post kiam ni vidis ŝian vivon disvolviĝi dum jardekoj, ŝi pripensas sian situacion. Ŝi sufokiĝas en sia geedzeco, maltrankviliĝas pri sia filo, dronas en familiaj respondecoj. Kiam ŝi estis juna kaj enamiĝinta, ŝi feliĉe ŝarĝis sin per edziĝo kun vundito. Sed post kvaronjarcento, ŝi bedaŭras, ke ŝi tiel juna devis porti la sekvojn de tiu decido kaj "ne pov[a]s ne denove demandi sin ĉu ŝi elektis saĝe" (p. 410). Ŝia edzo ne rekonas la "maljusto[n] de ilia interrilatado" kaj opinias, ke ŝiaj timoj rilate al li estas troaj (p. 468-469). La situacio, kiun Francis priskribas, estas tre realisma, kaj ni multe kompatas ŝin. Tamen, samtempe la familia interrilato estas tiel zorge portretita, ke oni povas demandi, ĉu ankaŭ ŝia edzo iomete pravas. Eble ŝi ja tro maltrankviliĝas pri li. Eble, kiel komprenebla respondo al la necertaĵoj de sia vivo, ŝi provis regi aferojn kiel eble plej multe, tiel ke (kiel kelkaj psikologoj dirus nuntempe) ŝi "trofunkciis"[18] por sia familio, kiam ŝi devus lasi al ili funkcii por si mem. Ke Ina estas tridimensia kaj neperfekta montriĝas ankaŭ poste en la romano, kiam ŝi dufoje ne komprenas sian filon tiel bone kiel ŝi supozas. Unue, malgraŭ sia certeco, ŝi tute eraras pri la temo de liaj pensoj dum lia forpermeso: "Kia stranga situacio: ŝi ne povas paroligi lin pri temo ege kara al ambaŭ, kvankam ŝi scias ke ĝuste pri tio li pensas!" (p. 548). Poste, ŝi miskomprenas la intencon de lia letero. Ŝi opinias, ke li skribis hejmen nur pro devo kaj ke li aldonis iujn detalojn nur por plenigi la disponeblan spacon: "Tiel pensadis s-ino Gill". Tamen, ni ekscias, ke li skribis ĉar lasinte la hejmon li sentis nostalgion kaj ke unu detalo, kiun ŝi taksis nur ŝveligo de vortoj, fakte estis lia parta malkaŝo de profunda kaj daŭra sekreta timo (p. 555-559). Ina do ne ĉiam pravas. Ŝia neperfekteco kontribuas al la profundo de ŝia karaktero.

## Zorgado pri detaloj kaj senurĝeco

Legante ekzempleron de *Mansfield Park* en tranĉeokelo, Dunkan alte taksas la "zorgado[n] pri detaloj" de Jane Austen (p. 474). Mi sentas same pri la stilo de Francis. Li senurĝe verkas, restas en

---

18 psychologytoday.com/us/blog/everything-isnt-terrible/201910/are-you-an-overfunctioner

detaloj, priskribas plene kaj interese ŝajne negravajn okazaĵojn kaj interagojn, ekzemple konversacion inter fremduloj en vagono dum la Unua Mondmilito (p. 68-71). Generacion poste, Jano sidas en malsama trajno en malbona humoro pro sia malkomforta seĝo: "Jen alia afero: se tiu bovulo kiu lasis angulan seĝon ne estus eluzinta tiom da tempo por demeti la valizojn, Jano estus preninta la vakan seĝon; sed kompreneble la impertinentulo kiu nun okupas ĝin vidis de la perono la zorgajn preparojn por eklaso, kaj havis tempon por ensalti kaj laŭiri la koridoron al la kupeo dum la alia kreteno ankoraŭ skrapadas inter siaj havoj sur la seĝo kiel kokino serĉanta vermojn – se vermojn kokinkanajlo ja serĉas. Kompreneble la novalveninto ne hezitis peti pri la vakota seĝo, dum Jano sidis subbrulante" (p. 167).

Eĉ afero tiel ordinara kiel gluto de medikamento estas zorge priskribita:

"Li prenis la glason kaj trinkis la laktaspektan enhavon ĝis lasta guto. Ĝi estis preskaŭ sengusta, sed flosis en ĝi iuj ne tute solvitaj restaĵoj de kreteca pulvoro, kaj tiuj fariĝis malagrable densaj ĉe la fino, elfiltriĝante el la fluaĵo ĉirkaŭ liaj dentoj, sed Jano konscience obeis la 'Finu ĝin' de la flegistino, kiu ŝajne rimarkis lian velkantan entuziasmon, antaŭ ol redoni la malplenan glason" (p. 458).

Ne necesis al la intrigo, ke la verkisto detalu tiajn negravajn okaz-aĵojn, sed farante tion li igas la romanon pli profunda kaj realisma.

Kelkfoje priskriboj estas rimarkindaj pro beleco. Dum pluva nokto, "pluvetaj eroj ankoraŭ fajreras en la lumstrioj de la ŝirmitaj gaslanternoj" (p. 109). En Francujo, memoroj pri la posttagmezaj obuseksplodoj nedormigas Dunkan:

"...la ruĝenigraj fontanoj, kiuj lasis siajn fumantajn brunajn kraterojn kiel vundojn, en la malsekaj, verdaj kampoj, kaj la eĉ pli timigaj aereksplodoj de nenie aperantaj, kvazaŭ la aero mem mistere eksplodas, eknaskas florojn de morto, kolere ŝutante la murdan ŝrapnelon sur la senprotektajn homojn sube" (p. 88).

Kaj en Londono, polveroj ŝvebas tra radioj de sunlumo:

"Kvinfoje, je ĉiu kvina paŝo, [Ina] tramarŝas kolonon de arĝentaj polveroj naĝantaj en la sunradiaro kiu tra-ŝutiĝas tra la longegaj fenestroj: fingroj de la vivofonto penetrantaj la malluman koridoron de la civilizo; kvin dividoj de la sama unuo lumigantaj la eterne ekzistantajn, sed ordinare ne-videblajn, eretojn de ĝia interno, kaj Ina, riproĉante sian revemon scivolis, ĉu ŝi perdos denove liberan vesperon dum tiu ĉi glora vetero" (p. 13).

Tiu lasta, senhasta priskribo de polveroj naĝantaj tra egale apartigitaj lumradioj eble ne aperas en nia hipoteza filmo de la libro, sed laŭ mi, ĝi estas bela sceno.

147

## Plendoj

Christian Declerck skribis en sia recenzo de *La granda kaldrono*, "Nur unu ĉapitron mi trovis ete teda (Taktikoj: pri la klasbatalo kaj socialisma agado)".[19] Kontraŭe, mi trovis tiun ĉapitron *ege* teda. "Taktikoj" (p. 135-163) tute temas pri Ĝon Maclean, la historia skota marksisto kaj aktivulo. Dumvive, s-ro Maclean eble estis vigla kaj interesa homo, sed surpaĝe li tre enuigas. La Ĝon-aj partoj de la libro impresas pli kiel faktaro el Vikipedio-paĝo ol kiel historiofikcio. Kiel Sten Johansson rimarkigas, liaj "personaj ecoj kaj menso ne estas same riĉe ellaboritaj" kiel tiuj de la aliaj personoj, kio eble estas "ĉar la realaj faktoj iom bridis la fantazion de la aŭtoro".[20] Estas bone, ke la verkisto ne traktas lin tiom kiom la aliajn personojn. Sed laŭ mi, Ĝon fakte tute ne devus aperteni al la romano. La sekcioj pri li senspritigas la romanon, kiu alie estas vigla kaj atentokapta. Kaj lia rakonto ne estas interplektita kun tiuj de la aliaj ĉefroluloj (kvankam ili foje aludas al li kiel konata historia persono [ekz. p. 108, 583]), do li ne estas necesa al la intrigo. Estas ironie, ke la sola vivinto el la ĉefroluloj estas la malplej vivanta surpaĝe.

Mi plendis supre, ke legantoj devas tro labori je la komenco de la libro por orientiĝi. La preludo, kvankam nur ĉirkaŭ unu paĝon longa, kontribuis ege al mia komenca konfuziĝo. Tiu paĝo donas al legontoj malbonan impreson pri la romano. La unua frazo aludas al "la faraono Ahn-aton", tio estas, la egipta faraono de la 14-a jarcento a. K., kiu estis (verŝajne) la patro de Tutanĥamono ("Reĝo Tut"). Kvankam la verkisto enhavigis klarigojn de kelkaj propraj nomoj je la fino de la libro, "Ahn-aton" tie ne aperas. (Kaj eĉ se ĝi ja aperus, laŭ mi, legantoj ne devu ĉasi klarigon de aludo aperanta en la plej unua frazo de libro.)[21] La apero de Ahn-aton ĉi tie, en libro alie ne temanta pri antikva Egiptujo, estas perpleksiga kaj forpuŝa. Kaj en la sekva alineo de la preludo estas stranga frazo pri la klano Maclean: "Sekve de ĉiu Filo-de-la-knabo-Jano, aŭ Maĥ-gil-

---

19  literaturo.esperanto.net/roman/libr/militroman.html

20  literaturo.esperanto.net/roman/libr/grandkaldronrec.html

21  La ĉefinaĵoj estus pli helpemaj se simboloj estus enmetitaj je konvenaj lokoj por atentigi legantojn, ke haveblas rilata noto.

jian aŭ Maclean, kaj ĉiu ano de ĉiu klanido apartenanta al Klano Giljan". Tiu aludo, kiel la faraona frazo, pli bone havus klarigan noton. Estus (almenaŭ iomete) helpe scii, ke la fondinto de la klano Maclean estis militestro nomita "Giljan de la Batalhakilo".[22] Post tiuj du strangaĵoj, la preludo temigas po unu frazon al ĉiu ĉefrolulo kiel prezento.[23] Antaŭ ĉiu tia frazo aperas linio de preĝo, kiun supozeble ni imagu dirita de Ahn-aton, verŝajne alparolita al la egipta dio Atono, la fokuso de religio fondita de Ahn-aton.[24] Mi ne komprenas kial plaĉis al la verkisto komenci la rakonton kun himno al antikva egipta dio: laŭ mi, ĝi estas nekonvena kaj malbonaŭgura komenciĝo, kiu ne aldonas valoron al la romano.

La libro ankaŭ finiĝas malplaĉe. La stilo de la fina ĉapitro – kiel tiu de la preludo, sed malkiel la interaj ĉapitroj – estas poezia kaj konfuza. Ĝi ja ĝisdatigas legantojn pri la ĉefroluloj, sed ne ĉiam komprenige. Estus pli bone, se la libro finiĝus tuj post la antaŭlasta ĉapitro, kiam Ina pripensas la iradon de tempo kaj la naturon de memoro. La komenco kaj la fino de libro povas efiki la sperton de leganto ĝis grado neproporcia al ilia longeco (almenaŭ laŭ mi). Tial estas aparte bedaŭrinde, ke la bela romano de Francis estas kadrita de manpleno da neallogaj paĝoj.

La cetero de la romano – krom la sekcioj pri Ĝon Maclean – estas tre ĝuinda. La stilo estas flua. La personoj estas tridimensiaj, kredeblaj kaj zorge priskribitaj. La mondo kiun Francis kreas estas plena kaj interesa. Estas tre bone, ke dank' al EAB presitaj ekzempleroj de la romano haveblas al nova generacio de legantoj.

---

22  en.wikipedia.org/wiki/Clan_Maclean

23  Tamen en la preludo, Francis skribas, ke Ĝon "bedaŭris ke la gepatroj iam forlasis la mar-duŝitan insulon de ruĝa granito kie li naskiĝis, por veni Glasgovon". Sed Ĝon naskiĝis en Pollokshaws, en Glasgovo, kaj ŝajnas, ke ankaŭ liaj gepatroj ne devenis el insulo: en.wikipedia.org/wiki/John_Maclean_(Scottish_socialist)#Early_life

24  Komparu la tekston de himno al Atono: britannica.com/topic/Aton-Hymn; en.wikipedia.org/wiki/Great_Hymn_to_the_Aten

Benoît Philippe:

# Mil utilaj vortoj en la loren-germana kaj Esperanto

ISBN 9781595694881
94 p.

**Lothringerplàtt (vàn Buckenum im Krumme Elsàss):**
Do krejje n'Ihr / Do krejjsch e Lischt von döisisch Wértere in
d Umgàngsproch uff Lothringerplàtt un Esperànto. Dër Wortschàtz
isch e solidi Grundlàà fur d Sproch- un Kültürintressierte Mensche,
sich uhne Mieh wittersch ze bilde. "Wenn Dü e Sproch lehrsch, kre-
jjsch Dü e néjji Seel", sààt e tschechisches Sprichwort - wunnerbar...
un wohr wie d Spruch: "Politik un Sproch e unzetrennliches Paar"...

Dàss diss Buch winnischtens e klёёner Plàtz in Éiri / Dinner Biblio-
thek fingt.

**Esperanto:**
Vi ricevas ĉi-kune liston de mil vortoj de la ordinara lingvo en la
loren-germana kaj Esperanto. Tiu vorto-kolekto prezentas solidan
bazon por facila perfektigo de personoj kun intereso pri lingvoj kaj
kulturo. "Se vi akiras novan lingvon, vi ricevas novan animon", diras
ĉeĥa proverbo – fantasta... kaj vera kiel la parolturno "Politiko kaj
lingvo, nedisigebla paro"...

Tiu libro trovu almenaŭ modestan lokon en via biblioteko.

*Benoît Philippe*

Mendu ĉe UEA, via libroservo aŭ rekte ĉe
**www.esperantoliteraturo.com**

www.ingramcontent.com/pod-product-compliance
Lightning Source LLC
Chambersburg PA
CBHW020342260626
47156CB00004B/1654

* 9 7 8 1 5 9 5 6 9 5 0 6 2 *